犬嫌いは黒柴社長と恋に落ちるか
アゲインスト
against

アゲインスト
～犬《いぬ》嫌《ぎら》いは黒《くろ》柴《しば》社《しゃ》長《ちょう》と恋《こい》に落《お》ちるか～

寺《てら》崎《さき》 昴《すばる》
ILLUSTRATION：yo《よ》shi《し》彦《ひこ》

アゲインスト
～犬嫌いは黒柴社長と恋に落ちるか～

LYNX ROMANCE

CONTENTS

アゲインスト
～犬嫌いは黒柴社長と恋に落ちるか～

桜の咲きはじめた三月の終わり、人事異動の発表があった。

人事異動と言っても、営業、事務、製造と大きく分けて三つの部門しかないこの小さな製菓会社で、部門を跨《また》いで異動することなどほぼ皆無で、ここで言う人事異動とは、ようは営業担当エリアの変更のことだ。

赤城《あかぎ》寿近《としちか》、新担当エリア——三易《みえき》村

掲示板に貼り出された紙に、赤城は思わず、えっ、と声を洩《も》らした。

三易村は、全国的にほとんど知られていない、ひっそりとした山間にある温泉街だ。泉質もどこにでもあるような硫酸塩泉で、目を引く名物も特産品も特にはない。同じ県内に住んでいても行ったことがないという人間も多い辺境の地。そして例に漏れず、赤城にとっても三易村は、観光地というより、湯治を目的とした病人や年寄りが行くような、儲《もう》けの少ない過疎地という印象の強い村だった。

つまり、営業としてもやりづらいエリアということだ。納品数も少なく、おまけに営業所から三易村まで車で一時間もかかる。

三易村かあ、とため息をつくと、同じく掲示板を眺めていた先輩の鈴枝《すずえだ》が、気の毒そうに苦笑した。

「赤城、がんばれよ」

「鈴枝さん、やっぱり三易村の担当ってきついんですか？」

今現在、三易村を担当しているのは他でもない、鈴枝だ。嫌だと思っていることをなるべく顔に出さないようにしたつもりだったが、つい眉間にしわが寄る。鈴枝は苦笑を深くして慰めるように赤城の肩を叩《たた》いた。

「慣れれば行き来はつらくないぞ。ただ売上げが……、なあ」

「伸びないんですよね」

「伸びないなあ」

赤城の勤めるナガセ製菓株式会社は、主に土産《みやげ》用製菓の製造販売をしており、自社で作った製品を営業が県内各地の土産物屋に卸している。

そしてその営業の仕事には、当然ながらノルマがある。毎月報告会が開かれ、そこで担当エリアの様子を報告し合い、観光産業の盛衰具合を見ながら翌月の売上げ目標を決めていくのだ。エリア毎《ごと》に設定目標は違うものの、少しずつでも売上げを伸ばすのが営業の仕事であり、手腕が求められるところでもある。

だが、いくら営業が奮起しても、どうしようもない問題というのはある。

「そもそも、三易村の観光産業自体が伸びてないじゃないですか」

「他の地区は少しずつ景気回復に伴って伸びてきてるのになあ、ははは」

肩に乗る鈴枝の手の重さが、そのままプレッシャーとなって圧《の》しかかる。赤城はまたため息をつきながら、この重圧から逃れようとしている鈴枝をじとっと恨みがましげに見遣《みや》った。

「笑いごとじゃないですよ。みんなが無理だったのに、僕にできるわけがないじゃないですか」

数年前、テコ入れと称し、やり手と言われた営業のホープを三易村に投入したことがあったそうだが、それでも売上げを伸ばすことはできなかった。彼が言うには、三易村は若者が流出するばかりで、新しいことに挑戦するのを疎んじる頭の固い老人しか残っておらず、観光自体に力を入れられない現状なのだそうだ。観光客がいなければ、土産だって手に取ってもらえない。そしてホープの彼が手を引いてから、三易村エリアには誰も期待を寄せなくなった。三易村の老人たちがそう望むように、現状維持ができればそれでいい、と。そしておそらく、その老人たちと運命をともにして、三易村は死んでいく。

「まあ、最低限の売上げさえ守ってれば、上も文句言わないからさ」

「それは、まあ、そうですけど」

現担当の鈴枝が言うならそうなのだろうし、赤城自身も、売上げが伸びないと会議で鈴枝が嫌味を言われているのを見たことがない。

「大丈夫だって、赤城。何とかしてやろうと思わなければ、あそこは楽なエリアだよ。言われたとおりに納品して、年寄りの話し相手になって、温泉にでも浸《つ》かってくれればいい」

「でも」

——それじゃやりがいがないじゃないですか。

言いかけて、赤城はやめた。いくら無理だと言われていても、三易村エリアの売上げを伸ばすのだと、担当になったばかりの頃《ころ》の鈴枝が張り切っていたのを今になってようやく思い出したのだ。

三年前、赤城が入社して一年目で、やっと仕事のコツを摑《つか》んできた頃の話だ。二歳年上の鈴枝は、先輩風を吹かしながらも赤城にいろいろと教えてくれた。

「見てろよ、赤城。俺が売上げを伸ばしてみんなを驚かせてやるからな」

「期待してますからね、鈴枝さん」

だが、鈴枝の努力は実らなかった。いくら営業をがんばっても、村の人間がやる気を出して集客をしてくれなければ土産の需要はない。売り場の展開をこうしようああしようと提案しても、断られたり、成果が出なかったり、そして次第に、鈴枝の口からがんばろうという言葉は出なくなっていった。単調に品物を納品して、売れ残ったものを回収し、往復するだけの毎日。赤城も三易村の現状を噂《うわさ》で聞いていたので、鈴枝がそうなるのも仕方のないことだ、といつの間にか受け入れてしまっていた。

しかし今度は、自分がそうなる番なのだ。

赤城が思っていることを察したのか、鈴枝は笑みを引っ込めて真面目《まじめ》な顔で言った。

「がんばりすぎないように、がんばれ。俺から言えるのは、それくらいだ」

「はあ」

肩に置いた手を離し、鈴枝はその手で気合いを入れるように赤城の背中を力強く、叩いた。

「来週から引き継ぎだ。お前は俺と一緒に三易村を回るぞ」

「はい」

決まってしまったものは変えようがない。赤城は覚悟を決めて、しっかりと頷《うなず》いた。

今まで担当していたエリアを同期に引き継いで、今日から鈴枝と新しいエリアの挨拶《あいさつ》回りに行くことになっている。赤城は納品する製品を社用バンに積み込み、数を確認してからしっかりとドアを閉めた。

「鈴枝さん、確認終わりました」

「ああ、予備も積んだか？」

「はい。今日は少し多めに」

赤城が言うと、鈴枝は困惑したように眉尻を下げた。無駄なことだと思ったのだろうが、赤城の初日のやる気を殺《そ》ぎたくなかったのか、何も言わずにそのまま助手席に乗り込む。

「ルートはわかるか？」

「一応確認しましたけど、不安なんで指示お願いします」

「はじめからそのつもりだよ」

三易村エリアの担当は、三易村だけに商品を卸しているわけではない。県内最奥の三易村に行くまでの周辺の街々にも対象の店舗が複数ある。どの道順で行ったら効率がいいのかを鈴枝に教わりながら、赤城はそれを逐一手帳や地図に書き込んでいった。

「そう言えば、お前、洞ケ瀬《どうがせ》旅館の件聞いてるか？」

「え？　洞ケ瀬旅館？」

挨拶回りが半分済んで、もうすぐ三易村というところで、休憩がてら一服しようと車を降りたときだった。鈴枝がふいに思い出したように口を開いた。

洞ケ瀬旅館というのは、三易村にある温泉旅館のことだ。だが、三易村にあまり足を運んだことのない赤城は、名前こそ知っていたものの、そこがどんな外観で、どんな規模の旅館なのかすらわからず、首を傾《かし》げた。

「何も聞いてませんが」

「跡取り息子のことだよ」

「はあ」

赤城がさらに首を捻《ひね》ると、鈴枝は意外そうに眉を上げ、目を瞬《またた》かせた。

「本当に何も知らないのか？」

「知りません。そこの跡取り息子がどうかしたんですか？」

「いや、洞ケ瀬の社長さんが先月亡くなって、来月……というか、この四月から、息子さんが社長に就任するんだけどさ、その息子ってのが」

鈴枝はそこでいったん言葉を区切った。そして周囲にちらっと目を配り、囁《ささや》くように小さな声で言った。

「獣人らしいんだよ」

「獣人？」

赤城はその単語に、わずかに息を呑《の》んだ。

獣人——コンジェニタルセリオモルフォシス（先天性獣化症またはＣＴ《シーティー》という）。かつて、異形の鬼の子と呼ばれた、人間とは程遠い見た目の人間。

それが発見されたのは、有史より前に遡《さかのぼ》ると言われている。

健康な人間の両親から、何の前触れもなく突然全身が毛に覆われた子ども——俗に言う獣人が産まれるというこの病気は、現代のように医学が発達するまで、呪い、あるいは神聖なものとして扱われ続けてきた。

その名のとおり、獣のような顔立ちに、耳や尻尾の生えた人間。いや、人間というよりは、獣が二足歩行しているといったほうが近いかもしれない。人間ほどの大柄な狼《おおかみ》や犬、猫、狐《きつね》が人間のように二本足で立って歩いているのを想像してもらえば、おそらくイメージにほとんど間違いはないだろう。

その発症原因や仕組みは未だに解明されていないものの、アルビノのような突然変異によって起こる先天的な遺伝子疾患であると考えられている。十万人にひとりの割合で発症すると言われ、今現在、世界で一万人の患者がいるとの推測もある。

獣化症が一種の病気だと結論付けられたのは、第二次世界大戦後の一九四八年。

それまでの日本《にほん》では、獣化症患者は鬼の子や畜生の子などと呼ばれ、その家族ともども迫害の対象にあった。だが、経済成長に伴って、現代医学の科学的な分析を重視するようになると、獣化症患者の認知拡大とともに早々に獣化症患者差別禁止法が施行され、義務教育課程において差別や偏見を排除する指導が行われるなど、世界的に見ても日本は獣化症患者にとっては比較的住みやすい国となっていった。

しかし、日本での獣化症患者の総数は現時点でたった千人ほどだ。教科書やマスメディアで取り上げられることも多く、獣化症がどのようなものか知らない人はいなくなったとは言え、赤城を含め実際にその患者に会ったことのある人はまだまだ少ない。

「そうなんだよ。今までの洞ケ瀬旅館の物販担当は普通の人だし、新しい社長は最近まで東京《とうきょう》にいたらしいから、俺も本人に会ったことはないんだけどさ、なんでも大柄な獣人らしい」

「へえ……」

「旅館のトップと一介のヒラ営業にそんなに関わりがあるはずないし、大丈夫だとは思うけど、もし息子さんに会ったとしても、ビビッたり失礼な態度取るんじゃないぞ」

釘《くぎ》を刺すように鈴枝が言い、赤城はそれにむっと口を歪《ゆが》めて答えた。

「わかってますよ。さすがに良識はあります。大っぴらに差別なんてしませんよ。それと鈴枝さん、獣人って言い方はよくないです」

「ああ、そうか、獣化症患者、だったか」

「はい」

「まあ、噂によるとかなり温厚でやさしい人らしいから、安心しろよ」

それに、「大丈夫です、ほんと、大丈夫」と赤城は自分に言い聞かすように頷いて、缶コーヒーに口をつけた。それきり黙り込んでしまった赤城に、鈴枝は不審そうな顔をしたが、さっさと休憩を終えて次へ行こうと思ったのか、特に沈黙の理由を聞くこともなく、ぐいっと缶の残りを呷《あお》った。

正直に話しておいたほうがいいだろうか。だが言ったところで、どうなるものでもない。

苦い液体を喉の奥に流し込みながら、赤城はうじうじと悩んでいた。

実は、赤城には幼い頃からのトラウマがあった。そしてそれは赤城の、ある一定の獣化症患者に対する苦手意識にも関係していた。もし、洞ケ瀬旅館の跡取り息子がその〝一定の獣化症患者〟だった場合、鈴枝との約束を守れる自信が赤城にはない。鈴枝のほうから、どうした、と聞いてはくれないだろうか。

だが期待も虚《むな》しく、鈴枝は飲み終わった缶をゴミ箱に捨てると、そそくさと車に戻っていった。こうなったら、自分から切り出すほかない。仕方なく、あの、と沈黙を破ってためらいがちに赤城は彼を呼びとめた。

「鈴枝さん、その、跡取り息子さんって、どのCTタイプなんですか？」

「CT？　ああ、コンジェニタルなんちゃらの略か」

「はい。いろいろあるじゃないですか。犬とか、猫とか」

「確か、犬だって聞いた気がするけど」

「犬、ですか」

犬、と聞いた瞬間、赤城はさっと顔を曇らせた。悪い予感が当たってしまった。その機微に目敏《めざと》く気づいて、なるほど、と鈴枝が目を細めた。

「急に静かになったと思ったら、赤城……」

赤城が獣化症のタイプにこだわる理由。ある一定の獣化症患者への苦手意識。その原因は――

「さてはお前、犬嫌いだな？」

犬嫌い。

そうなのだ。鈴枝が指摘したとおり、赤城はあらゆる生物の中でも、犬という動物が大の苦手だった。

しかしそれにはきちんとした理由がある。

赤城のトラウマは、幼い頃に大型犬に襲われ、全治三ヶ月の大怪我《けが》を負ったことによるものだ。赤城は当時幼稚園の年中《ねんちゅう》で、トラウマを負わせた相手は四十キロ近くある毛むくじゃらの雄犬だった。圧倒的な体格差と、獰猛《どうもう》な息遣い。鋭い犬歯がやわらかな皮膚を突き破り、肉と骨に達する強烈な痛み。泣き喚《わめ》いても容赦なく続く粉砕の音。もう少し助けが遅ければ、嚙《か》まれた腕と脚に後遺症が出るところだったらしい。赤城の成長に合わせて皮膚が伸びて薄くなったとは言え、二十年以上経《た》った今でも、嚙まれた傷痕は右手と左足に恐怖の残骸として残っている。

というわけで、それ以降、赤城は犬が嫌いになった。大人になって、チワワくらいの小型犬であれば、触れはしないものの、さすがにビビリはしなくなったが、中型犬が近くを通ると未だに身体が強《こわ》張《ば》ってしまう。大型犬はなおさらだ。

「昔、噛まれて死にそうになったことがあって。それから、犬は本当にダメなんです」

赤城の告白に、鈴枝ははっと笑って手を振った。

「差別しないいんじゃなかったのか？」

犬に対する恐怖心を持っていない人にとっては、鼻で笑い飛ばせるほどのことなのかもしれない。今までも犬が怖《こわ》いと言うと、大抵の人は大げさだとか大の男がみっともないと赤城をバカにした。理解が得にくいことも経験上わかってはいた。だが怖いものは怖いのだ。

「それは、わかってますよ。獣化症の人は犬じゃない。犬とは違う。言葉も通じるし、いきなり襲ってきたりしない。でも、どうしたって見た目が……」

「完全に犬だもんなあ」

「そうなんです。だって、テレビで見る限り、犬が立って喋《しゃべ》ってるようにしか見えないじゃないですか。ぶっちゃけると僕、未だにあれはＣＧか何かで、誰かがアテレコしてるんじゃないかって疑ってます」

「気持ちはわかるけど、赤城、お前、俺に注意した割に立派に偏見持ってるじゃないか」

「鈴枝さんは思わないんですか？　怖いとか」

赤城が聞くと、鈴枝は別に、と肩をすくめた。

「だって俺、犬好きだし、それに、小学校の同級生に獣人いたし」

「え？」

「露崎《つゆさき》っつったかなあ。まだらな茶色い狼みたいなやつだったけど、頭もよかったし、何より運動神経がすごかった。病気だからって卑屈になってなくて愛嬌《あいきょう》もあったし、だからクラスでは結構人気者だったな。そりゃあはじめは見慣れないから物珍しかったけど、慣れればどうってことない」

「でも、〝獣人〟って」

獣化症患者をかばう割に、鈴枝が差別用語である獣人という言葉を使っているのが気になって指摘すると、鈴枝は何でもないことのように言った。

「露崎本人が言ってたんだよ。獣化症患者、なんて長ったらしい名前で呼ばれるより、獣人のほうがかっこいいって。それに、獣人って呼んでるけど、俺もみんなも別に露崎をバカにしてたわけじゃないから」

「そうなんですか」

そう言われても、どうしても〝獣人〟という言葉には違和感というか、侮蔑を感じてしまう。使っている鈴枝は悪びれる様子もないが、洞ケ瀬旅館の跡取り息子の話をしだしたときに小声になったあたり、それでもやはり獣化症に対する偏見のようなものがあるのではと疑わずにはいられなかった。

納得できずに口を引き結んでいる赤城に苦笑し、鈴枝は車を顎で指す。

「とりあえず、休憩終わり、な。まあ、あんまり深く考えるなよ。物販担当は普通の人だし、お前が息子さんに関わることなんて滅多にないだろうしさ」

「はあ」

鈴枝はそう言うものの、赤城は不安だった。

もし顔を合わせて、固まってしまったらどうしよう。ただでさえ三易村の売上げは伸びないのに、跡取り息子に嫌われて今の自社ブースを他の会社のブースに変えられてしまったりしたら、大打撃だ。

「大丈夫、大丈夫。相手は人間。犬じゃない」

運転席に回りながら、ぼそぼそと繰り返す。

「僕を襲ったのはただの犬。獣化症の人じゃない。ＣＴタイプが犬だからって、どうってことないじゃないか」

しかし、やはり最後にはため息が愚痴と一緒に零《こぼ》れ出る。

「……はあ、なんで猫型じゃないんだろう」

せめて大型の猫ならば、怯《おび》えずにいられるだろうに。なるべく跡取り息子と出会いませんように、と祈って、エンジンのスタートボタンをプッシュした。

しかしそう祈った赤城に、神様はどうも腹を立てたらしかった。

三易村に向かって走り出してしばらく、田んぼの真ん中を走っていたときだった。パンッと小気味いい破裂音がして、急に車がガタガタと揺れはじめた。

「ちょ、赤城、停《と》めろ停めろ」

「は、はい」

慌てて少し広めの路肩に寄せ車を降りて確認すると、前輪がパンクしていた。釘か何かを踏んだらしい。

「あちゃー。これじゃ仕事になんねぇな」

「どうします？」

「確か、予備のタイヤは積んであったと思うけど……赤城、お前、タイヤ交換できるか？」

鈴枝に問われ、赤城はぶんぶんと首を左右に振った。

「そういうのはいつも店でやってもらってましたから、したことがないです」

「俺も同じだ」

「あ、でも、ネットでやり方を調べればなんとか」

ひとまず予備タイヤを探そうと、バックドアを開いて荷室スペースの商品を整理し、底を探った。

しかしどこにもタイヤがしまってありそうな場所がない。

「鈴枝さん、タイヤがないんですけど……」

「でもいざというときのために積んであるって研修のときちらっと聞いただろ。シートの下は？」

「ジャッキアップの道具しかないです」

「マジかよ」

「とりあえず会社に連絡入れましょうか」

ふたりではどうしようもないと悟り、ポケットから携帯電話を取り出そうとしたとき、一台のＳＵＶが近くで停まった。田んぼ道には迂回《うかい》路もあるし、一応車一台分は通れるスペースを開けていたつもりだったが邪魔だっただろうか、と謝る心積もりで荷室から降りて顔を出そうとすると、その前に、

「あっ」と外にいた鈴枝が声を上げ、そして意味深な視線を寄越した。何だ？　と不審に思ったのは一瞬で、ＳＵＶから降りてきた人物を見て、赤城はその視線の意味を理解した。

「どうかしましたか？」

二メートルはあろうかという巨体に、艶々とした黒と白の長い体毛。そして頭の上には、ぴんと張ったふたつの耳。

「故障ですか？」

開閉する口元から覗《のぞ》く、鋭い歯。

「あ……」

――犬だ。

赤城は心の中でそうつぶやいて、驚いた表情のまま身体を硬直させた。

心配そうに首を傾《かし》げてこちらに近づいてくるのは、黒の柴犬からかわいさを全部取り去って、凛々《りり》しさを五割増ししたくらいの、大柄な犬型の獣化症患者だった。

人生で初めて生で見る獣化症患者は、本当に、びっくりするほど、犬だった。

だが、普通に人間の言葉を話している。スーツだって着ている。だから彼は犬じゃない、人間なの

だと頭ではわかっていても、まるで大型犬が二足歩行しているような見た目に、赤城の身体は言うことを聞かなくなった。動け、といくら念じても、視線すら彼を見つめたまま一向に動かない。心臓だけが、赤城を裏切ってバクバクと動悸《どうき》を加速させていく。

脳みそがパニックを起こし、あまりの恐怖にもう少しで泣いてしまいそうだった。そのとき、

「あー、もしかして洞ケ瀬旅館の新しい社長さんじゃないですか？」

使い物にならなくなった赤城を車に押し込んで、鈴枝が前に出た。営業らしくにこやかに、ぺこぺこ頭を下げながら言う。

「こんにちはー、ナガセ製菓の営業部の鈴枝と申します。三易村に行く途中だったんですけど、車がパンクしちゃって」

「ああ、ナガセさんのところの営業さんですか」

跡取り息子――洞ケ瀬の傍《そば》まで小走りに近づいて、鈴枝は彼に名刺を差し出した。それを大きな毛むくじゃらの手で器用に受け取って、彼は柔和に目尻を下げた。

「いつもお世話になってます。社長って呼ばれ方はまだ慣れませんが、一応洞ケ瀬旅館の社長、洞ケ瀬猛《たける》です」

鈴枝がさっと手を差し伸べて、洞ケ瀬もそれに応えて握手を交わす。本来なら、下っ端の赤城が真っ先に挨拶して名刺を渡さなければならない場面だ。だが赤城はそれをただぼけっと見つめることしかできず、それどころか鈴枝越しにひょいっと洞ケ瀬がこちらを覗き込んだとき、思わずひっと息を

呑む失態まで犯してしまった。バカ、と鈴枝が声に出さずにつぶやいた。

　強張った赤城の表情を見て、洞ケ瀬は困ったように首を掻《か》いた。そして社長らしからぬ腰の低さで丁寧に頭を下げると、言った。

「えっと、洞ケ瀬です。よろしくお願いします」

　あまりに面白味のない、普通の自己紹介だった。だが、それが却《かえ》って今の赤城にとってはよかったらしい。混乱している頭に、そのシンプルな言葉は難なくすうっと沁《し》み込んでいった。よろしくお願いします、が正しく脳に伝わるのに、およそ一秒。

「あ、は、はい、あの、赤城です」

　引き攣《つ》った声でなんとか答えると、洞ケ瀬は安心したように口角を上げ、それからまた鈴枝に向き直った。

「予備のタイヤはありますか？」

「あ、それがその、積んであるらしいんですが、どこにあるのかわからなくて」

「車の下は見ましたか？」

　そう言うと、洞ケ瀬はためらいもなく両手を地面について屈《かが》み込んだ。ふさふさの大きな巻き尾が、特注らしいズボンから飛び出しているのが見えた。

「ちょ、ちょ、洞ケ瀬社長！」

　鈴枝が慌てて止めようとしたが、お構いなしに洞ケ瀬は車体の下を覗き込む。そしてすぐに、「あ、

ありましたよ、タイヤ」と尻尾を左右に揺らしながら嬉《うれ》しそうに振り返った。

「社長、服が汚れます！」

赤城、と鈴枝が怒鳴るように呼び、赤城ははっとして車から這《は》い出た。

「ぼ、僕がやりますから」

だが、洞ケ瀬の近くに寄ることもできず、鈴枝の後ろに隠れるように立ちすくむ。これでは怖がっているのが丸わかりだ。

「いや、でもふたりともタイヤ交換のやり方わからないんですよね」

そんな赤城を気にした様子もなく、洞ケ瀬は朗らかに立ち上がり、赤城が先ほど見つけたジャッキアップの道具を手に取った。

「私がやったほうが早いですから、サポートだけお願いします」

ネクタイの端を胸ポケットに押し込み、作業に取り掛かる。ジャッキレバーを差し込んで、予備タイヤを取り出し、ジャッキアップして車体を浮かせ、レンチを操ってタイヤを外す。

流れるような手つきだった。一種の曲芸を見ている気分になった。人間だと知識の上では理解していても、視覚の処理が追いつかない。服から出ている身体のパーツはすべて毛に覆われていて、しかし着ぐるみだと思うには精巧すぎる。やはりどう見ても犬が人間の動きをトレースしているようにしか見えなかった。

サポートは完全に鈴枝に任せ、恐怖心をどうにか抑えながら、赤城は無駄のない動きで作業をする洞ケ瀬を観察した。少しでも犬ではないと実感できる要素が増えれば、怖がらずに済むと思ったのだ。それが今の赤城にできるすべてだった。

「ええっと、鈴枝さん、タイヤ固定しててもらえます？」

「ああ、はい」

鈴枝がタイヤを支え、洞ケ瀬の大きな手がレンチをくるくると回す。

彼の身体全体ではなく、細部をじっと見つめて数秒、あ、と赤城は気がついた。犬にしては、指が長い。毛深いせいで一見わかりにくいが、確かにそうでなければ、器用に物が持てるわけがない。さらによく見てみれば、当たり前だがその指の関節の数にしても人間とまったく同じだった。

あっという間にタイヤ交換を終え、パンクしたタイヤを車体の下に取りつけると、洞ケ瀬は膝についた土埃《つちぼこり》をはたいて立ち上がった。

「終わりましたよ。思ったより早く済みましたね」

威圧感を覚えるほどの大きい身体に似合わず穏やかな声で言い、自分がつけ替えたタイヤを見て満足そうに頷いた。そこで鈴枝がすかさず頭を下げた。

「洞ケ瀬社長、本当に助かりました。ありがとうございます。今度改めてお礼に伺いますので」

「ああ、いいですいいです。困ったときはお互いさまですから」

犬歯を覗かせて、洞ケ瀬が身体の前でふるふると手を振った。そこにはわずかたりとも獰猛さは混じっておらず、それを見て罪悪感に心が疼《うず》いた。こんなやさしそうな人を怖がるなんて、ひどいことをしてしまった。見た目は赤城の大嫌いな犬でも、洞ケ瀬は人間なのだ。獣人という差別用語を嫌うくせに、本当に彼を犬扱いしていたのは鈴枝ではなく自分のほうだった。

「あの」

ＳＵＶに乗り込もうとした洞ケ瀬に、赤城は思い切って声をかけた。振り返った彼の瞳が、まっすぐに赤城を捉えた。

自分とは違う、黒目がちの異質な瞳。

わかっていても、やはりまだ背筋が強張る。幼い頃に植えつけられた恐怖心は、理性ではなかなか制御しがたい。

「失礼な態度を取ってしまって、申し訳ありませんでした」

深々と頭を下げると、彼はふっと苦笑した。

「大丈夫ですよ。初めてお会いする方には、よく怖がられますから」

「いえ、洞ケ瀬社長が怖いとか、獣化症の方がどうとか、そんなのではなくて、えっと、その……」

しどろもどろになる赤城の言葉を、彼は催促するでもなく黙って聞いていた。自分を怖がらせないようにしているのだという配慮が何となく伝わってきて、申し訳なさに目の奥がじんと痛んだ。

「あの、本当にすみません。僕、小さいときのトラウマで、そのときから大きな、」

犬が苦手で、と言いかけて、口を噤《つぐ》む。

犬、などと言ってはそれこそ失礼ではないか。

だが言いたいことがわかったのだろう、彼はあわあわと視線を泳がす赤城を見て、おかしそうに噴き出して、言った。

「獣人自体が嫌いとか、そういうわけじゃないのなら気にしませんよ。人間誰しも、苦手なものはありますから」

「あ、ありがとうございます」

「ではまた」

「はい。また」

運転席に座った洞ケ瀬は、巨体のせいでとても窮屈そうだ。標準的な大きさのハンドルがおもちゃに見えてしまうほどで、それを両手でぎゅっと握り、外で気をつけしたまま立っている赤城にもう一度会釈した。人柄のよさが滲《にじ》み出る笑顔だった。

——犬って、結構表情あるんだな。知らなかった。

走り去っていくＳＵＶを見送りながら、先ほど反省したばかりだというのにそんな失礼なことを考えていると、後頭部にバコンッと空箱が飛んできた。

「いてっ」

「何やってんだよ、赤城」

鈴枝が怒った顔で仁王立ちになっていた。彼が怒るのももっともだ。赤城は表情を引き締めて、すみません、と謝罪した。

「洞ケ瀬社長にはまた僕からお礼と謝罪をしておきます」

「当たり前だバカ」

「いい人でしたね」

赤城が言うと、鈴枝は呆《あき》れたようにため息をついた。

「洞ケ瀬社長があんな人だからよかったけど、次から本当、気をつけてくれよ」

「なるべくがんばります」

克服したいとは思うが、それができるかどうかはまた別の話だ。赤城の犬嫌いは、相当に根深い。

赤城の返答に、鈴枝はさらに深くため息をつき、「頼むからな」と祈るように口にした。


砂利道も軽やかに走るようになったバンに乗り、ようやく三易村に辿《たど》り着く。幼少期に家族と一緒に来て以来、足を踏み入れていなかった三易村は、想像していたとおりの古びた温泉街だった。周囲を山に囲まれ、村の真ん中を大きな川が流れており、その川を挟んで西側に主に民家が、東側に旅館が建ち並ぶ。旅館のイメージどおりの木造建築だったり、ホテルのような鉄筋コンクリート造りだったり、和洋折衷だったりと、街全体にあまり統一感はない。確かに、観光地としていまいちパッとしないのも頷ける。

取引先を鈴枝の言う順路で回り、そしてその最終地点は何の因果か洞ケ瀬旅館だった。

洞ケ瀬旅館は、今まで回った旅館の中でもとりわけ古い。鈴枝が言うには、創業は昭和《しょうわ》六年で、宮大工が施したとされる装飾が外装のあちこちに見られる日本建築だそうだ。そしてその一部は有形文化財にも登録されているらしい。

　入り口正面の道路から屋根つき門扉の中を覗くと、丁寧に手入れされ、掃除の行き届いた建物は、古さに少しの引け目も感じさせず、ただ趣きと静謐《せいひつ》さに満ちていた。雰囲気が神社に似ている。決して派手なわけではないが、取り巻く空気が凛《りん》としてきれいだ。

「こんにちはー、ナガセ製菓でーす」

　旅館の裏口に車を停めると、勝手知ったる、といったふうに鈴枝が大声を出しながら中に入っていく。自分も結構人懐っこいほうだと思っているが、鈴枝には負ける、と今日一日彼の隣で過ごして赤城はそう確信した。鈴枝の場合、図々しさも若干含まれているのは否めないが、得意先に嫌そうな顔をされることはあまりない。

「こんにちはー」と赤城もあとに続いて中に入ると、奥のほうから洞ケ瀬旅館の法被《はっぴ》を着た従業員が現れて、「スズくん」と親しげに鈴枝に笑いかけた。五十代くらいだろうか、白髪交じりの恵比寿《えびす》顔の男性だった。

「ご苦労様。そちら、新しい担当さん？」

「そうなんですよ。この前お話ししたとおり、来週からこいつ……赤城っていうんですけど、ここら辺のエリアの担当になるんで。よろしくしてやってください。赤城、この方が洞ケ瀬旅館の物販担当の宮田《みやた》さん」

「初めまして。三易村担当になりました、赤城と言います。よろしくお願いします」

宮田に名刺を差し出し、赤城が頭を下げると、しかし名刺を受け取った彼は困ったように眉尻を下げた。

「ああ……、挨拶してくれたところ悪いんだけど実はね、今度からうちの物販担当、変わっちゃうんだよねぇ」

「そうなんですか。では一体どなたに……」

お互い新しい担当では戸惑うことも多くなりそうだが、と赤城が懸念したそのときだった。

「私ですよ」

と、事務所の暖簾《のれん》を押し上げて出てきた人物を見て、「あっ」と声を上げ、赤城はそのまま固まった。びりびりと全身のうぶ毛が逆立ち、勝手に本能が警鐘を鳴らす。

梁《はり》に届きそうなほどの上背。広い廊下を塞ぐ、黒く重厚な体軀《たいく》。

昔赤城を襲った、毛むくじゃらの大きな犬。圧しかかられて、なす術《すべ》もなかったあのときの絶望が一瞬にして蘇る。

「洞ケ瀬社長、先ほどはありがとうございました！」

だが、鈴枝がつま先で赤城のふくらはぎを蹴り、その痛みではっと我に返る。

「さ、先ほどはどうもお世話になりまして……」

赤城の謝礼に、宮田が「社長ともうお会いになられてたんですか」と目を見開いた。

「ええ。さっき、帰ってくる途中に。車のほうは大丈夫でしたか？」

洞ケ瀬が訊《き》きながら赤城のほうへと近づいてくる。自分から決意して近づく分にはいいが、向こうから来られると威圧感が半端ない。再びだらだらと冷や汗が背中を伝い、赤城の視点はぐらぐらと落ち着きなく揺れはじめた。答えない赤城に代わって、鈴枝が口を開く。

「おかげさまで。滞りなく仕事ができました。社長のおかげです。な、赤城」

ばんっと背中を叩かれ、何か言えと促されるが、赤城はかくかくと不自然に頷くことしかできなかった。

失礼な態度を取るなと言われたばかりだったのに、またしてもやってしまった。だがやはり、彼の顔を見れば見るほど犬にしか思えず、沈めていたトラウマが生々しくフラッシュバックして、頭の先から血の気が引いていくのを止められそうもない。どうしよう、ちゃんと対応しなければ、と己を叱《しっ》責《せき》する気持ちばかりが空回りして、余計に頭も口も回らなくなる。

タイヤを交換してもらったあとは、いい人だな、という感想まで抱いたくせに、赤城の脳はそれすらリセットして、同じ過ちを繰り返す。

「あの、えっと、」

洞ケ瀬はそんな赤城を見て、近づいてくるのをやめてその場に立ち止まった。拳銃を向けられた犯人のように両手を顔の横に上げ、彼は首を傾けて苦笑した。

「飛びかかったりしませんよ」

やさしげな声音に、犬にあるまじき二足歩行と人間らしい仕草。

彼は犬ではなく、人間で、取引先の社長だ。

ゆっくり深呼吸して、縮み上がった心臓を落ち着ける。その間、彼はそのポーズのまま黙ってじっとしていた。

「すみません、また……」

赤城が謝ると、怒られるかと思いきや、洞ケ瀬はきゅっと口角を上げて、その場で踵《きびす》を返しながら言った。

「土産物のコーナー、案内までですよね？　私、案内しましょうか」

「え……、あ、はい」

ひとまず怒られなかったことと距離を詰められなかったことに安堵《あんど》して、思わず頷いてしまったが、根本的な解決には至っていない。

「じゃあ土産物コーナーに案内しますね。ついてきてください」

そう言って洞ケ瀬が尻尾をぶんぶんと振りながら廊下を歩いていく。それに待ってとも言えず、赤城はすがるように隣の鈴枝を見つめた。鈴枝はゆっくりと左右に首を振ってから、「行け」と顎をしゃくった。それでも赤城が動かないでいると、今度はどんっと背中を押された。その拍子にふらついて出た足を、赤城はなんとか続けて前へ動かす。一歩。また一歩。

これ以上の失態は犯せない。一社会人として、取引先の機嫌を損ねないようにしなければ。それはわかっている。わかっているけれど――。

　助け舟を期待して、崖の上から落とされた獅子《しし》の子のような、いや、そんなに格好のいいものではない、初めての幼稚園で母親と別れたときの幼児のような眼差《まなざ》しで、赤城は何度もちらちらと鈴枝を振り返った。あるいは死刑執行前の囚人のような面持ちに見えたかもしれない。

「お前なあ」

　そのおかげか、とうとう鈴枝が折れて、首の後ろをがしがしと掻きながら追いかけてきてくれた。

「今日だけだからな」と小声で耳打ちされ、赤城はこれ以上ないほどに感謝を込めて両手を合わせて鈴枝を拝んだ。鈴枝があいだに入ってくれるのなら安心だ。今は世界中のどの神様よりも、鈴枝が神々しく思えた。

　洞ケ瀬に連れられ、裏口からロビーのほうへ移動する。土産物コーナーはロビーの横に設置されており、そこにはきちんとガラスケースや展示棚が置かれていた。広めの平台にただ並べられていただけの他の旅館と違って、少しは商売っ気がある。試食用のケースにもきちんとサンプルが補充されていた。

「ここが土産物コーナーで、ストックは主に台の下です。ナガセ製菓さんにはほぼ毎日来て補充してもらっているので、あまり倉庫は使ってないですね」

「なるほど」

「ケースの中のレイアウト変更については私と要相談で……」

慎重に洞ケ瀬と距離を取りながら、説明を聞く。が、基本的に他の旅館とやることは同じなので、ストック場所と土産物コーナーまでの経路さえわかれば、あとは特に注意して聞くこともない。ひととおり洞ケ瀬が喋ったあと、赤城は逃げるように申し出た。

「じ、じゃあ僕は商品のチェックと補充をやりますね」

「お願いします」

「しかし、社長自ら物販担当なんて、なかなかないですよね」

鈴枝が言った。

「レジ自体は受付にありますから、私は商品チェックだけなんですけどね。営業さんが来る時間帯だけこの辺をうろうろしてます。あとはちゃんと社長業をしてますよ」

鈴枝が洞ケ瀬と世間話をしてくれているあいだ、赤城は自社の製品の在庫と賞味期限をチェックし、どの程度車から降ろせばいいかを考えながら納品書を記入していった。

基本的に、赤城たちがどのくらいの量をブースに置くかに関して、形式的にお伺いはするものの、旅館や土産物屋は口を出さない。赤城たちはスペースを貸してもらって、そこに商品を並べ、売れた分だけ請求を回すというのがルールなのだ。当然、賞味期限が切れそうなものや、破損した分はこちらが持つことになっている。

チェックを終え、赤城は賞味期限が近くなった製品の包装をびりびりと破り、真っ白な内箱に油性マジックで賞味期限を書き込んで、気合いを入れるように深呼吸をしてから、納品書と一緒に洞ケ瀬に差し出した。

「試食に回してください」

「はい。頂きます」

本当は試食用のサンプルもあるのだが、持って帰ってもどうせ廃棄になるので、廃棄するよりは、とこうして一部を横流しするのが慣例になっている。

洞ケ瀬が納品書をチェックしてサインをしているうちに、製品を取りにいったん車に引き返そうと赤城は裏口のほうへ歩いていく。いや、正確には歩いていこうとした。

「あっ、赤城さん、待って、伝票……」

ぽんっと肩を叩かれ、洞ケ瀬に引き留められる。振り返ると眼前に黒柴犬のドアップが迫っていて、赤城は「ぎゃっ！」と声を上げてその場にうずくまった。

そして、うずくまってから、自分がしたことの重大さに思い至り、ますます顔が上げられなくなる。

――やってしまった……。今度こそやばい……。

仏の顔も三度まで、ということわざを思い出し、違う意味で顔面蒼白《そうはく》になっていく。身体を強張らせるだけでなく、あからさまに声を上げて怯えるなど、言語道断だ。

「すみません！」

慌てて立ち上がる赤城だったが、未だ近くに立っている洞ケ瀬の気配に、身体がすくんでまともに目を合わせられない。少しでも動いたら飛びかかられるような気さえする。

しかし、当の洞ケ瀬は二、三歩後ろに下がると、怒るどころか殊更やさしい声で言った。

「いえ、こちらも急に声をかけたので。赤城さんは犬が苦手だって聞いたのに、配慮が足りませんでした」

その声に、赤城は恐る恐る顔を上げた。そして洞ケ瀬の肩越しに、鈴枝が鬼の形相をしているのを見てしまって、瞬時に「終わった」と悟った。

「とんでもない！　社長は悪くないですよ。こいつがビビリなだけなんです。こちらこそ不愉快にさせて申し訳ない」

鈴枝が平身低頭で洞ケ瀬に謝罪し、今後このようなことは、とか、会社に報告して処分を決めます、などとつらつら述べているのを、赤城は血の気が完全に引いた真っ白な顔で聞くしかない。

いくら鈴枝が自分を後輩としてかわいがってくれているとはいえ、これはかばいきれないし、かばうつもりもないだろう。一平社員と取引先の社長どっちを取るかなど、比べるまでもない。

「鈴枝さん、ちょっと待ってください」

だが、赤城を断罪しようとする鈴枝を遮ったのは、洞ケ瀬のほうだった。

「本当になんとも思ってませんから。むしろちょっと面白《おもしろ》いって思ってたくらいですし」

「面白い？」

鈴枝が怪訝《けげん》な顔で訊き返した。洞ケ瀬は口元に手を遣って、ふふっと上機嫌に笑った。

「いやあ、いろんな人に会ってきましたけど、ここまで犬嫌いの人に会ったこともなかったものですから。私みたいなのは珍しいから、嬉しそうに寄ってくるか、気味悪がっていてもそれを隠して接するか、普通はその二択なんです。そういう人たちは獣人を見慣れてきたら普通に接してくれるんですけどね。赤城さんのパターンは初めてで、なんだか自分がお化け屋敷の脅かし役になったみたいで、ちょっと楽しいんですよね」

その言葉が本当だと言うように、洞ケ瀬の尻尾と耳は先ほどから楽しそうに揺れている。飼い主に連れられて散歩をしている犬と同じリアクションだ。

「だから赤城さんをあまり責めないでください。それに、赤城さんも、」

数メートルあいだを取った洞ケ瀬が、鈴枝から赤城に向き直る。

「無理しなくていいですよ」

「無理なんて、」

してません、と誰しも嘘《うそ》だとわかる見栄を張りかけたところで、洞ケ瀬がふいに距離を詰めて顔を近づけてきた。またも急に視界いっぱいに広がった黒柴の顔に、赤城は思わず息を止めて仰《の》け反《ぞ》った。血の気が一気に足元まで下がり眩暈《めまい》を覚えたが、ここで倒れるわけにはいかない、と必死に堪《こら》えていると、それを見た洞ケ瀬のほうが耐え切れず先に噴き出した。

「ははっ、その顔……っ、ほんとに面白い」

人の顔を指差して、彼は笑い続けた。そんなにおかしい顔をしているだろうかと、恐怖の中に羞恥が混じる。かっと白かった頬《ほお》に熱が集まり、それを冷やそうと赤城は慌てて両手で顔を挟み込む。すると、彼はさらにおかしそうに腹を抱えて笑い出した。そして、「失礼」と、さして失礼とも思ってなさそうに赤城に背を向け、大きな身体を震わせ続けた。赤城は少しむっとして口角を下げた。

タイヤ交換もしてくれたし、自分も失礼な態度を取ってしまったから、ずっと申し訳ない気持ちでいっぱいだったのに、洞ケ瀬のこの態度も大概ではないか。どうにかしたいと人が真剣に悩んでいるトラウマを笑うなんてあんまりだ、と赤城は密かにこぶしを握った。いつの間にか羞恥や苛立《いらだ》ちが恐怖を上回っていることに、赤城は気づいていなかった。

しばらくして、ごほんっ、と洞ケ瀬が咳払《せきばら》いして笑い止《や》んだ。しかし尖《とが》った耳がまだピクピクと震えていて、笑いたいのを堪えているのだとすぐにわかった。彼は感情を隠すのが下手だ。と言うより、顔以外に感情を表す部位が目立ちすぎている。

「いやあ、申し訳ない。笑ってしまってすみません」

謝っている割に、なおも楽しそうに洞ケ瀬が目元を緩める。犬にしか見えないのに、彼は本当に表情豊かだ。

潔いほど大笑いされ、子どものように楽しそうなその表情に、却ってむっとした気持ちがしゅんと立ち消えてしまった。しかしその代わりに疑問が浮かぶ。

「いえ、僕は全然いいんですけど、その、社長のほうは……」

彼自身が怖がられているというのに、不愉快にならないのだろうか。赤城の態度は、自覚しているとおり、相当にひどい。普通なら怒られて取引をやめると言い出されても文句は言えないくらいだ。

それなのに彼は、怒るどころか愉快そうに赤城を見ている。笑われたし、バカにされているかとも思ったが、彼からは赤城を侮蔑するような感情は伝わってこなかったので、どうやらそうではないらしい。その証拠に、大きな体軀の向こうで、ふさふさの巻き尾がリズミカルに揺れている。

「ああ、本当に気にしないでください。私がこんな見た目なように、世の中にはいろいろな人がいますから。暗いところがダメだったり、猫アレルギーだったり……犬が怖かったりね」

最後の例えで、彼は赤城をいたずらっぽく見遣った。

「そういうのは自分ではどうしようもないでしょう？」

促され、赤城は彼の前で初めてふっと肩の力を抜いて苦笑した。

「そうですね。治そうと思っても、なかなか」

「私も治せませんから、お互いさまですね」

肩をすくめて、彼が言う。

やさしい人だ。赤城が隠したがっていた弱い部分に、彼のやさしさが矢のように刺さった。

今まで、赤城が犬嫌いだとわかると、バカにするか呆れるか、そのどちらかの反応しかされなかった。そのままでいいと言われたのは、初めてだった。しかも、その相手は赤城が怖がっている張本人なのだ。怖がられているのに、自分より他人を気遣ってそんなふうに言うなんて、自分にはとても真《ま》似《ね》できそうにない。

こんなにやさしい彼を怖がるなんて、自分はなんて最低なやつなのだろうと、改めて思う。

「ありがとうございます、社長」

ともすれば潤みそうになる目を見開いて、赤城はまっすぐに彼を見つめた。彼はうんうんと小刻みに頷き、それから思い出したように付け加えた。

「ただ、今後もこんなふうに急に出くわすことがあるかもしれませんし、少し慣れていただけると嬉しいです」

「はい」

怖がるな、ではなく、慣れてほしい。どこまでも控えめに、あくまで赤城を優先しての提案だった。

このままでいいわけがない。やさしさに甘えっぱなしで何の努力もしないなど、仕事は元より人間としていかがなものか。洞ケ瀬の寛大さに触れたからこそ、それが光となって赤城の影のような矮小《わいしょう》さをますます色濃く目立たせる。その醜さから目を背けたくて、だから赤城は、洞ケ瀬のために犬嫌いを克服しようと強く心に誓った。


基本的に、営業は毎日担当エリアを回って商品の補充をするのが仕事だ。だからもちろん、物販担当の洞ケ瀬とは毎日顔を合わせることになるわけで、異動から一週間、赤城は洞ケ瀬旅館の裏口の扉を開ける前に、深呼吸するのが日課となっていた。

「こんにちは、ナガセ製菓です！」

今日も気合いを入れてから勢いよく中へ入っていく。裏口のすぐ傍にある事務所に顔を出し、挨拶を済ませると、あとは勝手に土産物コーナーの自社ブースの手入れをし、最後に納品書にサインをもらうだけだ。

　赤城が台下の在庫を確認し、少なくなってきていた煎餅《せんべい》を補充していると、「赤城さん」と少し離れたところから、低く張りのある声が飛んできた。

　もうすっかり覚えたその声に、赤城は振り返る前に一度目を閉じて、心を落ち着ける。そして一拍置いてから声の主を振り返り、しかしそれでも目に飛び込んできたシルエットに一瞬びくつきながら、ぺこりと会釈してみせた。

「洞ケ瀬社長、お疲れ様です」

「今日は天気がいいですねぇ」

　窓の外を眺めて、洞ケ瀬がのんびりとした口調で言う。

「そうですね」と同意して、それから何を言おうか赤城は迷った。赤城は決して口下手でもコミュ障でもない。他の得意先では、もっとぽんぽんと会話が弾む。だが、洞ケ瀬相手だと緊張してセールストークにリソースが割けないでいた。洞ケ瀬もそれがわかっていて、無理に赤城を引き留めようとはしない。赤城の書いた納品書を粛々と受け取って、さらさらときれいな字でサインをし、赤城に触れないよう伝票の端を持って返してくれる。なるべくお互い顔を合わせている時間を短くすることでしか、解決方法はないように思えた。

　が、このままでいいとは思っていない。なんとかして犬嫌いを克服しなければ、気を遣ってくれている洞ケ瀬に申し訳ないという気持ちが赤城の中で日に日に強くなっていく。

せめて彼を見たときにびくつかないようにしたい。

たったそれだけのことだが、赤城にとってはなかなかに難しく、洞ケ瀬が予測外の動きをするたびにいちいち身体がすくんでしまう。それだけならまだいいが、不意打ちでばったり出くわしたときなど、「ひっ！」と悲鳴を上げる始末だ。それを見ても笑って許してくれる洞ケ瀬相手だからいいようなものの、もし今後犬型の獣化症患者と出会うことがあったらと思うと、赤城は笑っていられない。

いつまでも対症療法では何も解決しないし、どうするのが一番だろう、と考えることさらに一週間。

――無理やりにでも慣れるしかないんじゃないか……？

恐怖の閾値《いきち》を超えてしまえば、もしかしたら感覚が麻痺《まひ》するかもしれない、と赤城が悩んだ末に辿り着いたのは、行き当たりばったりとも言える精神論だった。

だが他に名案はない。それに一縷《いちる》の望みをかけて、赤城は洞ケ瀬と出会って二週間目で、「なるべく洞ケ瀬旅館に留《とど》まらない」という方針を真逆に変えることにした。

つまりは赤城自ら洞ケ瀬と距離を詰め、仲良くなるという寸法だ。自分から行く分には、恐怖も多少コントロールできる。

「桜もすっかり散っちゃいましたねぇ」

いつものように洞ケ瀬が当たり障りのない話を振ってきて、赤城はブースに新商品を補充しながら、よし、と唇を引き結んでいったん目を閉じた。

「洞ケ瀬社長は、お花見行きましたか？」

目を開けながら立ち上がり、赤城が笑顔で洞ケ瀬のほうへ近づくと、いつもと様子が違うのに気づいたのか、彼は、おや、と首を傾げた。ぴくりと耳が動き、赤城の一挙手一投足に注意を払うかのように、それらが前を向く。

「気分転換に散歩に行ったときくらいですね、じっくり眺めたのは。桜まつりは結局行けずじまいでした」

「僕もです。三易村は桜の名所があるって聞いてたんですけど、機会がなくて」

「ああ、三易神社の千本桜。ぼんぼりが飾られて夜は特にきれいですよ」

柔和にまぶたが細められ、それと同時にぱたぱたと尻尾が揺れる。視界の隅で動いたそれに、赤城の心臓は飛び跳ねるが、浅く呼吸を繰り返し、なんとか悲鳴は抑えた。そして何事もなかったかのように会話を続行する。

「桜まつり、来年は行ってみたいです」

「屋台も出て賑《にぎ》やかですしね。私でよければ案内しますよ。……なんて、赤城さんは私とは無理ですよね」

冗談交じりでからかうように洞ケ瀬が言った。できっこない、と思われているのが癪《しゃく》で、赤城はぎこちなく笑顔を作って返す。

「いえ、迷惑でなければ来年はぜひ」

　ははは、と乾いた笑いを零していると、それまで笑っていた洞ケ瀬が急に真面目な顔になった。

「どうしたんですか？　急に」と不思議そうに訊かれ、赤城の必死の愛想笑いは果敢《はか》なく砕け散った。

「鈴枝さんに何か言われたんですか？　無理にでも仲良くなってこい、とか」

「そういうのじゃないですけど」

「けど？」

　ぐいっと顔を覗き込まれ、「ぎゃっ」と我慢していた悲鳴が赤城の口から洩れ出てしまった。しかしむしろそれを聞いて安心したように洞ケ瀬が表情をほころばせた。その態度はどうなんだと抗議したいのは山々だが、尻尾も満足げに揺れているのが見えて、彼が怒ってはいないことにとりあえずは安堵する。

　赤城は一歩身を引いてから、自分より一回り大きな彼を見上げて言った。

「……僕が、自主的に洞ケ瀬社長と親しくなりたかったので」

「ふぅん？」

疑うように、けれどどこか楽しげに、洞ケ瀬が目を細めた。

「それ、本音？」

　親しくなりたい、というのは少し違う。赤城はいたずらがばれた子どもさながら、目を泳がせて答えた。

「いつまで経っても慣れないのが申し訳なくて、話す機会が増えたらマシになるんじゃないかって思って」

「ショック療法か」

洞ケ瀬が納得したように頷いた。ふむ、と腕を組んで何事かしばらく考えたあと、彼は「いいですね、それ。やりましょう」と手を叩いた。

「果《か》敢《かん》に挑んできてくれるのも面白いですからね。時間があるときはお茶でも飲んで世間話をしましょう」

利用している形になるにも拘《かかわ》らず、洞ケ瀬は赤城の犬嫌い克服に付き合ってくれるという。

「いいんですか？」

「私と仲良くなりたいっていうことでしょう？　それ自体は喜ばしいことですし、断る理由なんてありませんよ」

「はあ」

「じゃあさっそくお茶でも飲みませんか。ちょうど赤城さんが持ってきてくれた新商品のお菓子があることですし。このあと仕事は？」

「あ、休憩になるので、時間は大丈夫です」

それから六畳ほどの従業員用の休憩スペースに連れていかれ、ふたりきりという空間にびくつく赤城を前に、洞ケ瀬は改めて自己紹介を始めた。

意外なことに、洞ケ瀬は赤城と三つしか離れていない二十九歳で、父親が亡くなる前は赤城も知っているような東京の大手化学メーカーで働いていたそうだ。洞ケ瀬旅館で使っているシャンプーや化粧水は、すべてそのメーカーのものらしい。

「赤城さんはお若いと思ってましたが、二十六なんですね。こっちに帰ってきてから同世代の知り合いがあんまりできないんで、営業さんが若いって聞いて実はちょっと嬉しかったんですよ」

「すみません、数少ない同世代が僕みたいなので……」

　洞ケ瀬が急須を傾けているあいだ、赤城は自社の新商品のパッケージを丁寧に剝がし、中身を取り出す。個包装されたそれは、白あんのどら焼きだ。夏に向けて爽やかさをプラスするため、白あんには柚子《ゆず》の香料が混ぜ込んである。

「いえ、こちらこそ、得意先の担当が私みたいなのですみません」

　赤城の卑屈さを真似して、洞ケ瀬が笑った。それをうまく躱《かわ》せず、赤城は苦笑して、ちらりと洞ケ瀬を盗み見た。

　今は尻尾が見えなくて彼の機嫌はわからないが、こうしてお茶を一緒に飲んでくれるということは、今のは嫌味や小言ではなく、ただ単に赤城をからかいたかったのだろう。

「洞ケ瀬社長は、どうして僕に付き合ってくれるんですか？　普通嫌でしょう、こんな営業」

　自分を見て悲鳴を上げるような失礼な担当者は、赤城ならすぐに変更を要求する。反応が面白いからというだけでは到底納得できない。

　洞ケ瀬は赤城の質問にすぐ答えようとせず、お茶を湯呑に注ぐと、茶托《ちゃたく》に乗せて赤城のほうへすっと寄せた。それに「ありがとうございます」と礼を言って受け取ると、緊張でカラカラに乾いた喉を潤すべく、赤城はぐいっとお茶を飲み干した。

　赤城のその一連の動きを見守って、洞ケ瀬がようやく口を開いた。

「そういうとこですね。だから私は赤城さんを気に入ってるんです」

「え？」

　そういうところ、とは一体どういうところだ。赤城がわからず首を捻ると、洞ケ瀬は自分もお茶を飲みながら落ち着いた声で続けた。

「赤城さんは犬が嫌いで、特に大きな犬を怖がっている。だから私のことも怖い」

「……はい」

「でも、私が犬じゃないというのも、わかっている。だから怖がってしまうのが申し訳なくて葛藤している。つまり決して私自身が嫌いなわけではない」

「それは、もちろんそうです。洞ケ瀬社長を嫌うようなことは何も」

「だからですよ。獣人という私を嫌悪している差別主義者なら、今のように私が淹《い》れたお茶を飲むのをためらう。でもあなたはためらわなかった。トラウマ持ちのくせに果敢にアタックしてくるし、何より表情がわかりやすくて面白い。嫌われているわけじゃないのに、むしろ仲良くなろうとがんばってくれているのに、私が赤城さんを嫌う理由はありません」

「洞ケ瀬社長……」

――そう。そういうことなんだよな。嫌いなのはあのとき襲ってきた犬で、目の前にいる洞ケ瀬社長じゃない。

正直今も、この場にいるとそわそわと落ち着かない。だが、洞ケ瀬が赤城を受け入れてくれるように、赤城もまた洞ケ瀬を受け入れたいと思っている。

まさか人生初めての理解者が、洞ケ瀬になるとは思わなかった。

「というわけで、今後はもっと親しくなれたらと。そのためにひとまずその社長って呼び方から変えてみますか」

ぺりぺりとどら焼きの包装を剝いで、洞ケ瀬が言った。

「長ったらしいし、女将《おかみ》……うちの母も洞ケ瀬なんで紛らわしいですし、どうせなら猛って呼んでください」

「では僕のことも赤城じゃなくて下の名前で」

「寿近くん、だったっけ」

敬語を取り払い、洞ケ瀬が訊いた。名前を憶《おぼ》えられていたことに、赤城はふわっと浮き上がるような嬉しさを感じた。自然と笑みが零れ、少しだけ肩の力が抜けていく。

「はい。合ってます。これからよろしくお願いします、猛さん」

座ったまま頭を下げた赤城に、洞ケ瀬がふっと笑った。

「そんなに畏《かしこ》まらなくていいからね。俺も今度から遠慮なく接するよ」

お互いに壁があることを確認し、それを意識的に取り払おうと努力する。その協定が、たった今ふたりのあいだで取り決められた。

洞ケ瀬が空になった赤城の湯呑にお茶を注《つ》ぎ足し、赤城はどら焼きとともにそれを味わう。二杯目のお茶の味は、しっかりと赤城の舌に残った。


それからというもの、宣言どおり洞ケ瀬の態度は目に見えて変わった。

今までは赤城に気を遣ってなるべく遠くから声をかけるようにしていたのに、今は逆に脅かすように背後に忍び寄っては、いきなり肩を叩いたりする。当然赤城は心臓が縮む思いを繰り返し、だがそれで犬への恐怖心が麻痺するわけでもなく、毎回同じように驚いてはそのたびに申し訳なさと情けなさに心を痛めていた。

「治らないねぇ」

真っ青になった赤城を見て、洞ケ瀬がニヤニヤと微笑する。それに赤城は顔をしかめて、「手加減してくださいよ、猛さん」と文句を言った。驚いた拍子に書き損じた伝票にバツをつけ、新しく書き直す。

「あ、ごめん。書き終わってからにすればよかった」

「どっちでもダメです！」

変わったと言えば、赤城の洞ケ瀬に対する態度も変わった。

申し訳なさのせいで最初こそ委縮していたが、あまりに洞ケ瀬が子どもっぽいからかい方をするので、今ではすっかり反論もするようになった。

犬型の獣化症患者が社長で物販担当だと知ったときは、三易村担当になったことを恨んだりもしたが、これでよかったのだと今は思う。なんだかんだ、洞ケ瀬との会話自体は楽しい。

「社長、お客様がいらっしゃいましたよ」

宮田が正面玄関のほうから洞ケ瀬を呼び、はいはい、と洞ケ瀬は慌ただしく去っていく。

「サイン、あとでするから待ってて」

「わかりました」

洞ケ瀬が向かった先をちらりと見遣ると、二十代の若い女性グループが、きゃあきゃあとはしゃいでいた。洞ケ瀬の姿を見て、まるでアイドルにでも会ったかのように顔を高揚させていて、一方の洞ケ瀬はたじろぐことなく女性たちの相手をしていた。モテ慣れている、という雰囲気だ。

「すごい人気ですね」

赤城が思わずつぶやくと、宮田は複雑そうな顔をして頷いた。

「ああ、社長がＳＮＳだかなんだかやりはじめて、顔写真が広まったらしくてね、獣人が珍しいからって最近たまにああいうお客様がいらっしゃるんですよ」

気が知れないね、と最後につぶやいた言葉は、女性客に対してのものなのか、洞ケ瀬に対してのものなのか、赤城には判断がつかなかった。だが確実に、宮田は洞ケ瀬を快く思っていないというのはわかった。獣人、という言葉は公で使っていい言葉ではない。

「人気があるのはいいことです。儲かるに越したことはないでしょう？」

洞ケ瀬を援護するように赤城が言うと、宮田はふっと鼻で笑った。彼にとっては赤城は完全なる部外者で、わかっていないと思われても仕方がないが、少なくとも洞ケ瀬や客をバカにしていい理由にはならない。

「そりゃあ、儲かるに越したことはないですけどね。うちにも品位ってもんがあるんですよ。代々ここは老舗の高級宿としてやってきたんです。それが先代が亡くなった途端……」

愚痴を言いかけて、宮田は途中で口を閉じた。何かと思えば、すぐ傍まで洞ケ瀬が戻ってきていた。ぬっと現れた犬のシルエットに、赤城の心臓は飛び出しかけたが、それよりも宮田に対する抗議心のほうが勝っていた。

「僕は猛さんの方針もいいと思いますけど」

赤城の反論は、洞ケ瀬にも聞こえていたはずだ。だからてっきり何の話だ、と洞ケ瀬は聞いてくるものだと思っていた。しかし予想に反して、彼は何も聞こえていないように、「寿近くん、納品書にサインするよ」と胸ポケットからペンを取り出した。

「私は仕事があるのでこれで」

逃げるように宮田が事務所のほうへと消えていき、赤城はやるせない気持ちでため息をついた。

洞ケ瀬はわざと何も言わなかったのだろう。だから赤城も何も訊くべきではない。いくら社長と従業員の仲がこじれていても、部外者である赤城が首を突っ込む権利はないのだから。

代わりに、赤城は先ほど見た光景の話を口にした。

「……ずいぶんモテてましたね。それに、対応も慣れてる感じがしました。猛さん、相当女性を手玉に取ってきた感じがします」

うらやましい、と暗に込めて言ったつもりだったが、しかし洞ケ瀬は興味がなさそうに肩をすくめた。そしてとんでもない爆弾を、赤城の真上にふいに落とした。

「俺、ゲイだから、女の人にモテても仕方がないんだよね」

「え？」

さらりとなされたカミングアウトに、赤城の思考は動きを止めた。固まっている赤城を置いて、洞ケ瀬はなおも続ける。

「まあ、獣化症患者は遺伝子上どのみち子孫を残せないから、ノンケだろうがゲイだろうが関係ないんだけどね。跡継ぎは望めないって最初からわかってるから、両親に打ち明けたときも気が楽だったよ」

「……へえ、そうなんですか」

驚きすぎて、当たり障りのない返事をするだけでいっぱいいっぱいだった。

——猛さんが、ゲイ？

「寿近くんは、俺みたいなのダメなタイプ？」

「えっと……」

赤城は視線を洞ケ瀬から逸《そ》らし、足元を見た。営業は身だしなみが大切だと鈴枝に言われ、ほぼ毎日ぴかぴかに磨いている革靴の先が目に入る。

ダメかと言われたら、ダメなわけでは決してない。それどころかむしろ、赤城もそちら側の人間だ。女の人に淡い想《おも》いを抱いたこともあるが、男にだってそういう気持ちを感じたことがあった。いや、もっとはっきり言えば、女よりも明確に男の経験のほうがある。

まさかこんな身近にやすやすとカミングアウトする仲間がいるとは、思いもしていなかった。だから、赤城はすぐに返事を返せなかった。

いろんな想像が、頭の中を巡る。

今まで洞ケ瀬が親切にしてくれたのは、自分に下心があったからではないのか。もしそうだとしたら、自分はとてもじゃないが応えられない。彼に触れることすら、かなりの労力を要するというのに、そんな関係になどなれるはずがない。

「寿近くん？」

先ほどまで堂々としていた洞ケ瀬が、答えない赤城にさすがに不安になったようで、ぱたりと尻尾を振るのをやめて覗き込んでくる。近づいた顔に怯えながらも、赤城ははっとして手を振った。

「いや、ダメとかはないです。僕の友だちにもゲイのやつはいるんで……。ただちょっと、呆気《あっけ》なくカミングアウトされたので驚いてしまって」

「ああ、なるほど」

「僕に言ってもよかったんですか？」

赤城が訊くと、洞ケ瀬は鼻先を掻きながら苦笑した。

「まあ、寿近くんのことは信用してるしね。言ったところで誰かに勝手にばらすこともないだろうし、今さらひとつくらい枷《かせ》が増えたって、どうってことないでしょ」

――枷。

つまり、今以上に赤城の怯えっぷりがひどくなることはないと言いたいのだろう。確かにそうだ。今まで散々失礼な態度を取ってきたのだから、もし赤城がこれを機に距離を置こうとしても、さして変わらない。洞ケ瀬にとっては大したことではない。赤城がいてもいなくても、関係ない。

いきなり突き放された気がして、赤城は、ははっと乾いた笑いを零した。仲良くなってきたと思っていたのは自分だけだったのかと、脱力感が全身を包む。

迫られたら困るくせに、突き放されたら傷つくなんて、自分はどこまで傲慢なんだ、とも思う。

「……確かに、そうですね」

「うん。まあ、ゲイが怖いっていうなら、仕方ないけど」

「それこそ狂犬みたいに襲いかかってくるわけでもあるまいし、怖いも何もないですよ」

自分が当事者だから、わかる。男なら誰でもいいわけではないし、そう誤解されるのは不愉快だ。いわゆるノンケという人間たちと同じように、好みだってある。身体の関係抜きにして、純粋な恋だってする。

「わかってるならいい」

納品書にサインを済ませ、いつものように洞ケ瀬が休憩室のほうへと歩いていく。赤城もいつものように、洞ケ瀬の背中を追いかけるしかなかった。

洞ケ瀬のカミングアウトから数日、これといって特段の変化はなく、洞ケ瀬に驚かされては文句を言い、雑談を交えながらも彼の容姿に緊張感を持ったまま、赤城は三易村での仕事をこなしていた。

「多少は慣れたと言ってもな……」

営業所に戻り、日報を書いていると、ぽつりとつぶやいた赤城の言葉を、向かいで同じく日報を書いていた鈴枝の耳が拾った。

「なんだ？　まだ洞ケ瀬旅館のとこの獣人社長にビビってんのか？」

からかうような口調に、赤城はむっとして答えた。

「トラウマなんてそうそう治るものじゃありませんよ」

「今のところ苦情は入ってきてないけど、お前、そろそろ慣れてくれないと先方にも失礼だぞ。それに今後犬型獣人との取引があるかもしれない」

「先輩こそ、獣人なんて言葉、本人がいないところでも使わないでくださいよ。正しくは獣化症、です」

「犬型獣化症の人にビビってるやつに言われてもな」

はっと鼻で笑われ、赤城は黙った。確かに、赤城が言っても説得力はない。

「はあ……」

不意打ちで声をかけられたり、唐突に尻尾を動かされたりすると、未だに赤城は悲鳴を上げることがある。話していても嫌悪感はないのに恐怖感はあるというなんともむず痒《がゆ》い状態も続いている。

なんとかこの状況を打破できる術はないだろうか。

赤城が、はあ、と何度目かのため息をついたとき、鈴枝が面倒くさそうに言った。

「そんなにトラウマが気になるなら、メンタルクリニックに行くか、犬嫌いの克服方法でも調べて実践してみればいいじゃねぇか」

どうせやったことないんだろ、と指摘され、赤城ははっとした。確かに犬を避けるばかりで（洞ケ瀬は別として）、犬嫌い自体を克服しようなどと思ったことはない。

「それだ！」

急に大声を出した赤城を胡乱《うろん》な目で見上げて、今度は鈴枝が呆れたようにため息をついた。

帰ってから、鈴枝に言われたとおりネットで調べてみると、犬嫌いを克服する方法として、子犬と触れ合ってみる、というのを見つけた。小型犬でさえ少し怖いと思ってしまう赤城だが、自分よりも明らかに弱いとわかるよちよち歩きの子犬だったら、恐怖感は抱かないかもしれない――とは言うものの、

「子犬なんてどこで触れるんだよ」

ブラウザを閉じながら、赤城はひとり言《ご》ちた。

犬を飼っている人は何人か知っているが、生まれて間もない子犬となるとブリーダーか何かでなければ飼うのは難しいだろう。残念ながら、犬の繁殖をしているような人に心当たりはない。ペットショップで触らせてもらえばいいかとも思ったが、顔を引き攣らせながら触らせてくださいとお願いするなど、不審にも程がある。それに、飼う気もないのに犬嫌い克服のためだけにペットショップを利用するのも気が引ける。

「小型犬しかないかなあ」

子犬の線は諦めて、やはり小さめの犬から始めるしかないのかもしれない。

おとなしくて、吠《ほ》えたりしない小型犬。

ぼんやりと、赤城の中である一匹が思い浮かんだ。その条件に当てはまる犬を、赤城はたった一匹しか知らない。

正直、その飼い主にはもうあまり関わりたくなかったが、洞ケ瀬のためには致し方ない。

赤城は携帯のアドレス帳を開いてその人の名前を探しかけ、あっと気づいてすぐに閉じた。そう言

えば、彼のアドレスは携帯から削除したのだった。

仕方なく、メッセージ画面を開く。電話番号さえわかれば、通話せずともメッセージは送れる。メールアドレスは忘れても、指先が彼の番号を覚えている。

番号を打ち込んで、長考の末、頼みがあるんだけど、と一言だけを送ることにした。返信がなければ諦めて、返信が来たらそのときにまた改めてお願いすればいい。

しかし反応は思ったよりも早く返ってきた。しかもメッセージではなく、電話でだ。

「よお、もしもし」と電話口から懐かしい声がした。

「お久しぶりです、菅原《すがわら》さん」

赤城が言うと、菅原はおいおい、と呆れたように鼻で笑った。

「なんで敬語なんだよ。お前、付き合ってるときはずっとタメ口だったじゃないか」

菅原光重《みつしげ》。彼の言うとおり、不本意ながら、彼は赤城が人生で初めて付き合った男だった。

男同士、というのを除いて、どこにでもあるようなありふれた恋愛だったので詳しくは割愛するが、赤城がはっきりと自分の性的指向を自覚していなかった大学生の頃、二個上の先輩だったこの男に告白されて一年ほど付き合ったことがある。生まれてから二十年弱、女性との経験は数回あったが、まったくと言っていいほど恋愛に興味がなかった赤城は、てっきり自分は草食を通り越して他人に恋愛感情を抱けない、いわゆるアロマンティックだと思い込んでいた。

だが、菅原に告白されて、男同士がアリだとわかると、赤城は一気に自分のセクシャリティを自覚するに至った。つまりは、菅原のことがとても好きになったのだ。身体の関係も含めて。

しかし菅原が就職してから、彼は赤城にまったく構わなくなった。だんだんと疎遠になり、連絡を待つのがつらくなってきた赤城は、自ら別れを切り出した。そして菅原もあっさりとそれを承諾した。赤城が携帯から彼の名前を消したのはそのときだ。

別れてから、たまに大学ＯＢの集まりで顔を合わせることもあったが、半年も経てばお互いすっかり立ち直って、ぎこちなく避けるようなことも、焼け木杭《ぼっくい》に火がつくこともなく、普通の友人として話せるようになっていた。

ただ、アドレスを消していたことからもわかるように、この六年、個人的なやり取りはまったくなかった。今日、赤城が菅原に連絡を入れるまでは。

「何だよ、頼みって」

相変わらず電話越しでもはきはきと明瞭な声だった。付き合っている頃は、この声が好きで、赤城はなかなか電話を切りたがらなかった。だが今は、懐かしさは湧き出ても、心に甘ったるいさざ波は起こらない。菅原への恋心を捨ててから、その代償に赤城はまた絶食系へと逆戻りしてしまった。菅原は赤城の初恋であり、今のところ最後の恋人だ。

「菅原さん、まだ犬って飼ってます？」

余計な話をする気になれず、赤城は単刀直入に聞いた。

「次郎丸《じろうまる》？　ああ、まだまだ元気だよ」

　次郎丸というのは、彼が飼っているパグの名前だ。次郎丸という男らしい名前だが、メスである。彼が就職と同時に飼い始め、赤城と彼はそれでいささかケンカした。赤城が犬嫌いだと知っているのに、「ひとり暮らしが寂しかったから」という理由で猫ではなくわざわざ犬を選んだあたり、当時の赤城は彼の嫌がらせとしか受け取れなかった。

「今もまだおとなしいですか？」

「敬語はやめろよ。むず痒くなる。次郎丸なら相変わらずぼけっとしてておとなしいけど、それがどうかしたのか？」

「噛みついたりは？」

　赤城の質問に、菅原がむっとした声で答えた。

「噛むわけねーだろ。いい子なんだぞ」

「ごめん、侮辱したいわけじゃないんだ」

「で、どうした？　犬嫌い治ったのか？」

「いや、未だに怖いよ。でもいい加減治さなきゃと思ってて……。だからちょっと次郎丸に協力してほしくて」

「ああ、なるほど。いきなり連絡してきたと思ったらそういうことか。俺じゃなくて次郎丸に用があるわけね」

「うん。小型犬から慣れるのがいいって聞いたから。ちっちゃくておとなしい犬なんて、次郎丸しか知らないし」

　赤城がそう言うと、菅原は少し気をよくしたらしく、そうだろうそうだろうと声のトーンを上げて同意した。

「いいぜ。そういうことなら協力してやる。休みの日でも仕事終わりでも、好きなときに来いよ」

　彼のことだから、事情を説明すれば断らないだろうと思っていたが、こんなにもあっさりと快諾されるとは思ってもいなかった。頼んだあとで、赤城はためらいがちに聞いた。

「ありがとう。でも、彼氏とかいるんだったら誤解されない？　大丈夫？」

　その一点だけは気をつけておかねばならない。赤城は菅原とよりを戻したいわけではないし、彼の幸せを壊したいわけではないのだ。

「ああ、大丈夫大丈夫。今付き合ってるやついないし」

「ああ、そうなんだ。じゃあ遠慮なく」

　安堵のため息をつくと、急に菅原が黙り込んだ。嫌な予感がして、赤城は呼吸を止めた。

「あのさ、チカ」

　真剣な声色で、赤城を呼ぶ。チカ、という音の響きを、久しぶりに聞いた。赤城をそう呼ぶのは、両親と彼だけだった。

「な、何だよ」

「もしお前がまた俺と付き合いたいと思ってんなら……」

ほらきた。

「やめろよ」と赤城はそれを遮った。「そういうんじゃないよ。本当に、仕事で犬嫌いがネックになるから頼んでるんだ。他意はないよ」

「あ、そうなの？　なんだ、てっきり俺に会うための口実を作ってるんだと……」

「違うって。本当、勘弁してよ」

はあ、と赤城は心底嫌そうに深く息を吐き出した。菅原は自分で言ったことに照れたのか、ははっとごまかすように笑った。

「悪い悪い。いやあ、もしそうだったら断らなきゃいけないと思って焦った」

「しかも振られるところだったのかよ。告ってもないのに」

「悪かったって。まあ、そういうわけだから、遠慮せずいつでも来てくれていい」

「一応行く前に都合は聞くけど」

「うん。次郎丸にビシビシ扱《しご》いてもらえ」

「お手柔らかにって伝えといて」

笑うと、電話の向こうからぶすぶすと荒い鼻息が聞こえてきた。どうやら次郎丸に代わったらしい。

「次郎丸、よろしくな」

フガッと一際大きく鼻を鳴らして、次郎丸が返事を寄越した。その音に、少し身体が強張る。電話だというのに情けない。赤城はひっそりと苦笑して、再び電話口に出た菅原に休日の予定を聞いた。

三易村の巡回は、洞ケ瀬とのことを除けばそれなりに順調だった。

聞いていたとおり、観光客を増やそうとか、そういう気概は見られなかったが、自社製品は可もなく不可もなく、同じようなペースで売れ続けていた。洞ケ瀬旅館もせっかくいい展示ケースもあるというのに、他と同じような売れ行きだ。やる気に満ちていたときの鈴枝が苦労していたのも頷ける。

裏口に車を停めて、事務所で挨拶したあと、ロビーへと向かっていると、今日は珍しく脅かさずに洞ケ瀬が遠くから声をかけてきて、世間話を始めた彼にふんふんと頷きながら、赤城は在庫確認を続けた。

時折尻尾がズボンを擦《こす》る音が聞こえてくる。洞ケ瀬は赤城に会うときはだいたい上機嫌で、ぶんぶんと尻尾を振っている。まさに犬です、というような主張の激しいそれに、毎回赤城がびくつくのをわかってわざとやっていると思えなくもないが、嫌われていないのなら何よりだ。

「寿近くん、新商品の評判結構いいみたいだよ。ほら、あの柚子味のどら焼き」

「今確認しましたけど、そうみたいですね。在庫がもうほとんどない」

値段もそこそこするどら焼きだが、何がそんなに他と違うのだろうともう一度ブースを見て、赤城は「ああ」と納得した。

「これ、猛さんが書いたんですか？」

どら焼きのプライスカードの上に、手書きのポップがついていた。

『わんわん社長おすすめ！』

文字の横には、なんとも言えない微妙な黒柴のイラストが添えられている。

「そう。かわいいでしょ」

自信満々に同意を求められ、赤城は苦笑した。

「かわい……くは、ないですね」

「えー？　そうかな」

赤城の返答に、洞ケ瀬の耳が伏せられた。あからさまに落ち込んでいる。

「かわいくはないですけど、味はありますよね」

「それ、褒めてないよね」

精一杯のフォローも無駄だったらしい。いじけたようにため息をつき、洞ケ瀬は赤城に背を向けたかと思うと、ぶんぶんと尻尾を振り回した。

「うわっ」

思わず飛び退《の》いた赤城に満足した様子で、洞ケ瀬は口角をにたりと引き上げた。赤城の犬嫌いに寛容な大人かと思えば、こういうところは本当に子どもっぽい。

「やめてくださいってば」

わんわん社長
すすめ!

「え？　俺なんかしたっけ」

と、くだらないやり取りをしていると、土産品コーナーへ若い母親と五歳くらいの小さな女の子がやって来た。赤城は口を閉じ、邪魔にならないようにと隅のほうへ退散する。

洞ケ瀬に気づいて目を丸くして固まった女の子に、「こんにちは」と洞ケ瀬がしゃがみ込んで挨拶した。

「わんちゃんがしゃべった……」

丸くなった目をさらに見開いて、女の子がぎゅっと隣の母親の手を握った。

「すみません」と母親が慌てて謝った。だが洞ケ瀬はそれにいえいえと首を振り、「がおー」と脅かすように女の子を威嚇した。

「こわくないもん！　わたし、わんちゃん大好き！」

しかし女の子はそれに少しも怯えず、むしろ嬉しそうに洞ケ瀬に抱きついた。

「マミ、わんちゃんじゃないわよ。……すみません、本当に」

女の子の母親は、引き剝がそうとしても無邪気に洞ケ瀬に突進していく娘を見て、困ったように肩を落とした。

「ああ、いいですよ。ちっちゃい子に説明してもなかなか難しいですから。ねえ、マミちゃん」

「ねー」

「怖がられないのは私も嬉しいですし」

「でも……」

まだ何か言いたげな母親を遮って、洞ケ瀬が目を細めて言った。

「大人になったらわかることです。本当に気にしないでください」

「わんちゃんはどうしてお話できるの？　ここのペット？」

子どもの悪意のないその質問に、母親と、盗み聞きしていた赤城までもがフリーズした。獣化症患者にとっては一番のＮＧワードだろう。人間なのだから、話せるのは当たり前だ。こらっ、と声を荒げた母親の気持ちが、痛いほどわかる。

だが、当の洞ケ瀬はさして気にした様子もなく女の子の頭を撫《な》でた。

「残念。私はペットではなくこの旅館の社長さんなんですよ」

「社長さん？　すごいね！　わんちゃんの温泉だ！」

女の子はキラキラと輝いた目で洞ケ瀬を見つめ、それから彼の首筋辺りの毛を確かめるようにさすった。

「ふさふさ！」

女の子が撫でやすいように首を傾けて、洞ケ瀬は言う。

「最高の触り心地でしょ？　いいシャンプーを使ってるからね」

「ほんとだ。いい匂い！　お花の香りがする」

「お風呂に同じシャンプーが置いてあるから、使ってみてね」

「うん！」

「ママ、もう行くわよ。社長さん、どうもすみません」

「いえいえ、お構いなく。こちらこそお引き留めして申し訳ありませんでした。ごゆっくりお寛《くつろ》ぎください」

「社長さん、またね！」

「またね」

親子がその場を去り、一部始終を見ていた赤城もほっとしたところで、手を振っていた洞ケ瀬がくるりと振り返った。急に注がれた視線に、身体が強張る。

「お待たせ。サインがまだだったよね」

「あ、はい」

緊張を解けないまま、ぎこちなく伝票を渡すと、「わんちゃん大好き、だって」と洞ケ瀬がふいに口にした。

「かわいかったね、さっきの子」

てっきり、わんちゃんなどと呼ばれて実は心の底では怒っていたのではと赤城は懸念していたが、どうやらその心配はないようだった。その証拠に、彼の尻尾は穏やかに揺れていた。

「あの子くらい、寿近くんも撫で回してくれてもいいのに」

なんてね、と洞ケ瀬は笑うが、赤城は笑っていいものか迷った末、苦笑するに留めた。

何と言うか、獣化症患者だというのに、彼はあまりそのことに頓着していないようだ。言われたら嫌だろうな、ということでも、自分でさらりと言ってしまったり、気を悪くするような素振りも見せない。

赤城は未だ強張ったままの身体をそっと深呼吸で落ち着け、笑う彼を見つめた。

きっと、こんなふうに笑えるまでいくつもの葛藤があったのではないかと、洞ケ瀬の過去を想像してほんの少し胸が痛くなった。赤城のひどい態度を見ても、怒らないほど、理不尽さに慣れてしまっているように思えた。

身体は、彼から逃げたがっている。過去のトラウマがそうさせている。だが心のほうは、彼から逃げたくないとこのとき思った。やさしく笑う洞ケ瀬と、ただ仕事や当たり障りのない世間話をするだけでなく、怯えることなく心から笑って話がしたくなった。

そのために改めて、犬嫌いを克服しなければと赤城は決意した。

明日は休みだ。菅原も夕方からは空いていると言っていた。

次郎丸に、会いに行かねば。

菅原のアパートを訪れるのは六年ぶりだ。外壁はくすんだコーラルピンクのタイル貼りで、赤城は初めてそれを目にしたとき、趣味が悪いと眉間にしわを寄せた。建てた人間も、それからここに入居しようと思った人間のセンスも。つまりは正直に言って、ここを選んだ菅原をバカにしていたのだ。

そして久しぶりに見ても、やはり趣味がいいとは思えなかった。だが、当時は新築で、そのきれいさと奇をてらった色合いで周囲から浮いていた建物も、経年劣化によってだいぶ周りと調和が取れてきたように思える。

部屋の前まで来て、赤城は一度深呼吸をした。玄関のドアを開けた途端、次郎丸がいきなり現れるとは思えなかったが、一応心の準備はしておくに越したことはない。

インターフォンを鳴らすと、すぐに鍵が外された。

「遅かったな、チカ」

「久しぶり」

最後に会ったのは、三年前の大学のＯＢ会だった。十代や二十代前半ほど見た目は大きく変わりはしないが、菅原は確実に年を取っていた。目尻の笑いじわが深くなっている。そう思ったのは向こうも同じだったらしく、「なんかお前老けたな」と菅原は会うなり赤城の顔をじろじろと眺めて、臆面もなくそう言った。

「脂が乗るにはまだ早いよ。そっちこそ老けてるじゃん」

「大人っぽくなったって言えよ。ってかお前、髪染めたんだ。茶髪になってる」

「僕、童顔だから黒髪だと余計幼く見えるみたいで、先輩に染めるように勧められたんだよね」

「顔と違って中身はじじむさいのにな」

「余計なお世話だ」

「まあでも確かにそっちのほうがいいかも。うん、似合ってる」

「ありがとう。褒めても何も出ないけど」

もう少しお互いに戸惑いや気恥ずかしさがあるかと思っていたが、口を開けばすぐに昔に戻った。まるで昨日まで一緒にいたかのような気安さと、かと言って親密すぎない適度な距離感に安堵する。

ドアを大きく開き、菅原が中に入るよう視線で促す。赤城はお邪魔します、と小さく頭を下げて部屋に足を踏み入れた。

「次郎丸は？」

「奥にいるよ」

靴を脱いで廊下を一歩進むと、微《かす》かに獣特有の匂いが鼻についた。犬の匂いだ、と赤城が言うと、菅原は少し笑った。

「そのセリフ、俺が次郎丸を飼いはじめて初めてお前をここに呼んだときにも言ったな」

「そうだったっけ」

「そうそう、そんなふうに顔をしかめて」

指摘され、赤城は自分が険しい顔をしていることに気づいた。慌てて寄せていた眉間を開き、息を吸って、吐く。

「それじゃあ、次郎丸と対面といきますか」

菅原が仕切り戸に手を掛けた。よほど自分は切羽詰まった顔をしていたのだろう、菅原は大丈夫、と宥《なだ》めるようにしっかりと赤城を見て頷いた。

そしていよいよ、扉が開く。次郎丸、という菅原の声に、クッションに丸まっていたクリーム色の塊がもぞっと動いた。同時にグガガッとものすごい音がした。彼女の鼻息らしい。

顔を上げた次郎丸は、相変わらずものすごく不細工だった。顔は黒いし、ギョロ目だし、鼻は潰れているし、おまけに息をするたびぶすぶすとうるさい。

「かわいいだろ」

「ああ、うん」

ちっともそう思っていなかったが、協力してもらっている手前、素直な感想は差し控えた。赤城が同意したことに上機嫌になった菅原のあとに続いて、恐る恐る歩みを進める。次郎丸は菅原の足元に飛んでいき、細い尻尾を激しく振り回しながら赤城を見上げた。

「やあ」

赤城がぎこちなく微笑《ほほえ》みかけると、一瞬次郎丸の呼吸が止まった。無音の間が空き、えっと戸惑っていると、彼女はフゴッと息を吸い、すぐにまたふがふがぶすぶすと忙《せわ》しなく音を立てはじめた。

「び、びっくりした……」

「パグはみんなこんな感じだよ」

「そうなんだ。なんか、鼻炎に苦しんでるおっさんみたい……。うるさくないの？」

怪訝《けげん》そうに聞くと、菅原が信じられないというように目を見開いた。

「うるさいなんてとんでもない！　この音が愛《いと》しいんじゃないか！」

次郎丸をかわいがっているのは知っているつもりだったが、ここまで親バカだとは思っていなかった。批判したいわけではないが、同意もできない。

「へえ」

赤城は曖昧《あいまい》に頷いた。

それから、さっそく赤城の犬嫌いを治す特訓が始まった。まずは菅原に次郎丸を抱っこしてもらい、彼女の身体を撫でることからだった。絶対嚙まない、と菅原が言っていたとおり、彼女は赤城がびくびくと挙動不審なのもお構いなしで、菅原の腕の中でじっとしていた。鼻息だけはうるさかったが、そんなものだと慣れてしまえば怖がらずに済んだ。

そして思ったよりもあっさりと、赤城は次郎丸の身体に触れることができた。

「あ、結構むちむちしてるんだね」

短毛なためか、筋肉と脂肪の感触が手のひらに伝わってくる。しばらく首の後ろを撫で、思い切って頭に手を乗せてみる。次郎丸は目をうっとりと細めて、赤城の手を受け入れた。赤城は嬉しくなって彼女を抱いている菅原に笑いかけた。

「触れた！」

急に赤城が顔を上げたせいか、菅原は少し驚いたように真顔になった。だがすぐに、「そうだな」と微笑み返してくれる。

「抱っこもしてみるか」

さすがにそれはまだ早い、と気が引けたが、ここに来た意味を思い出して頷いた。

ゆっくりと、菅原の手から次郎丸が預けられる。あたたかい血の通った塊が、ずっしりと胸にもたれかかった。次郎丸は赤城を警戒するでもなく、完全に信用しきったように力を抜いていた。ぺちん、と腕に次郎丸の尻尾が当たる。大丈夫だったでしょ？　と言われているようで、赤城はうん、と返事をした。

「かわいいだろ」

菅原が聞いた。

「かわいい、かもしれない」

お世辞でもなんでもなく、赤城は答えた。下を向けば、次郎丸と視線が絡む。にっと彼女は口角を吊《つ》り上げた。その表情に、少しだけ気が緩む。

「……パグってのがよかったのかもしれないな」

「なんで？」

「だって、僕を襲ったのは顔の長い大型犬だったから」

同じ犬でも、容姿が全然違う。赤城がそう言うと、菅原は不思議そうに首を傾けて、言った。

「そんなの当たり前だろ。次郎丸はそもそもお前を襲ってない」

「そりゃそうなんだけどさ」

そういうことではないのだ、と赤城は説明しようとして、しかしその前に菅原がため息をついてそれを遮った。

「なんか、お前が犬嫌い克服する方法、なんとなくわかったかも」

「え？」

「お前ってさ、狸《たぬき》が怖いとか、思ったことある？」

唐突な質問に、赤城は目を瞬いた。

「は？」

「いいから答えて」

「いや、ないけど」

「でも狸って、どっかの国じゃ犬の分類らしいぜ」

「そうなの？」

だが、赤城の中では狸は狸だ。怖がる対象ではない。

「つまり、そういうことなんだよ。お前の犬嫌いって」

言っている意味がわからない。外国で狸が犬と呼ばれているから、何なのだ。

「なんだよ、どういう意味だよ。教えろよ」

てっとり早く治せるのなら、治してしまいたい。

しかしその日、最後まで「うーん」と曖昧に笑うばかりで、結局菅原が赤城にその方法を教えることはなかった。

「だから、社長がそうおっしゃっても、ここにいる従業員たちは納得していないんですよ」

初夏の日差しが降り注ぐ七月初旬。勝手知ったる、と裏口の戸を開けようとしたところで、中から険のある声がして、赤城は手を止めて耳をそばだてた。

「宮田さんの言い分もわかっているつもりです。だから、私はここの品位を下げようと思って提案しているんじゃなくて、」

「ＳＮＳなんかで自分の写真を出してふざけたような若い客を釣っているのに？　この前それでやって来た輩《やから》が騒いで他のお客様に迷惑をかけましたよね」

「宣伝効果があると踏んでのことです。それに、少しはしゃいだだけで迷惑というほどのものでもなかったでしょう？　お客様を選別するのはよくないですよ。その発言は撤回してください」

「そうだとしても、陰で私たちが旅館組合からどれだけ文句を言われているかわかっているんですか？　ただでさえ社長が、その、……あれで困惑しているのに」

「私たち？　たちって具体的に誰と誰ですか？　あれというのも聞き捨てなりませんね」

「とにかく、私たちのほうがこの仕事は長いんです。従業員の意見も聞いてくれないワンマン社長では困ります」

どうやら洞ケ瀬と宮田が言い争っているらしい。入るべきか悩んだ末、赤城はもう少し様子を見ることにした。先に車で商品の整理をしてしまったほうがいい。

しかし、一体何を揉《も》めているのだろう。そう言えば、ここのエリアの担当になって間もない頃、宮田が洞ケ瀬についての不満を口にしていたことを赤城は思い出した。

そのときも品位だなんだと言っていたような気もするが、つまりは洞ケ瀬が社長に就任してから、彼が旅館の経営方針を変えたがっている、ということなのだろうか。それで今まで先代の元で働いていた従業員たちから反発の声が上がっている、と。

今さらながら、赤城は洞ケ瀬の立ち位置の難しさに思い至った。

社長というポジション。その責任と重要性。

獣化症患者差別禁止法があると言っても、世の中はまだまだ獣化症に対して偏見がある。頭の固い年寄りばかりではないと思いたいが、三易村は保守的で、排他的で、異物を嫌う。

ただの世間話だと気にしないようにしてきたものの、実は赤城も巡回ルートの中で何度も洞ケ瀬の噂を耳にしていた。誰も直接的には言わないが、洞ケ瀬のことを話すとき、どこか含んだ物言いになる。そんな空気の中で旅館組合の会合に出席したり、近所付き合いをしていくことが、どんなにつらいことなのか、赤城には想像もできなかった。きっと想像しても、それ以上の苦しみを洞ケ瀬は感じているに違いない。

そして今日、あんなふうに洞ケ瀬が声を荒げているのを初めて聞いた。

穏やかな笑顔の下に、彼はどんな感情を押し殺していたのだろう。あんなにいい人なのに、世間はどうして彼にやさしくないのだろう。

しかしふと、赤城も彼を悲しませるひとりになっているのでは、ということに気づいて、途端に不安になった。

犬嫌いの赤城にとって、乱暴に言ってしまえば洞ケ瀬は克服するものだった。彼の心根に目を向けているつもりでも、恐怖や申し訳なさが先に立ち、結局は容姿ばかりに気を取られ、彼の背景など考えたこともなかった。赤城はいつも自分のことばかりだ。

彼を差別する気は毛頭ないし、仲良くなりたいと思っている。それは誓って本心だ。身体がびくついてしまうのは赤城にはどうしようもないが、きっと克服してみせる。

とりあえず、今の自分にできることは——と赤城は音を立てて車のドアを閉めると、勢いよく裏口の戸を引いた。

「こんにちはー！　ナガセ製菓です！」

下手をすれば客のいる表側にまで聞こえそうなほどの声で、空気を読まずに割って入ることくらいだろう。

「寿近くん」

洞ケ瀬が驚いた顔で赤城を見た。宮田も少しバツの悪そうな顔で赤城を見て、口元を歪めた。恵比寿顔なのに、目が全然笑っていない。

「あれ？　お話し中でした？　すみません、邪魔しちゃったかな」

「いや、大丈夫だよ」

洞ケ瀬が笑い、宮田が無言で背を向けて、事務所のほうへと引っ込んでいった。

「今日はちょっと早いね」

「他がさくさく終わったんでね。早めに来ちゃいました」

ダメでしたか？　と赤城が訊くと、洞ケ瀬はほっとしたように息をついた。

「ううん。……ありがとね」

赤城を見ると元気よく揺れる尻尾が、今日に限ってはまったくといっていいほど揺れていない。

「土産物コーナー、行こうか」というしょぼくれた背中を追って、赤城は旅館の中へと入っていった。

赤城が在庫を調べて、納品書を書いているあいだ、普段はお喋りな洞ケ瀬が妙に静かだった。赤城をからかってくることもなく、心ここにあらずで、考え事に耽《ふけ》っている。

何を、なんて考えなくてもすぐわかることだ。先ほどの宮田とのやり取りのことだろう。

「……大丈夫ですか？」

書き込んだ納品書を差し出して赤城が訊くと、洞ケ瀬はふっと鼻から息を吐いて肩をすくめた。

「やっぱり聞こえてたんだ。それで助けに入ってくれたのか」

「余計なお世話かなとも思ったんですけど、宮田さん、冷静じゃない感じでしたし、一度間を空けたほうがいいのかなって」

もしかしたら、と思う。

もしかしたら洞ケ瀬には、相談できる人がいないのではないか、と。

少なくとも従業員は味方ではなさそうだった。それに、母親である女将も。もし女将が洞ケ瀬の味方だとしたら、宮田からあんなに反発されることもなかっただろう。それに、こちらに戻って来てから、同年代の話し相手がいないとも言っていた。自分に怯える赤城にさえ、仲間を求めて歩み寄ろうとするほど、彼が孤立していたのだとしたら。

そんなのは切なすぎる。

赤城はぎゅっと唇を引き結んだ。

「それは俺もだな」

冷静じゃなかった、と洞ケ瀬が零し、がしがしと頭を掻いた。大振りな動きに、赤城は思わず半歩足を遠ざけてしまったが、それから思い切って一歩前に出た。計半歩、洞ケ瀬に近づいたことになる。

「猛さん、よかったら今度飲みに行きましょう。今度と言わず、時間が合えば、今日か明日にでも」

きっ、と顔を上げてそう提案した赤城に、「いいの？」と洞ケ瀬が眉を上げた。

「寿近くん、犬嫌いまだ治ってないんでしょ？　仕事の外でも怖い思いすることになるけど、本当に大丈夫？」

赤城ははっきりと横に首を振った。

「猛さんは犬じゃありませんから」

そう、と洞ケ瀬は口角を上げた。

「わかった。今夜は無理だけど、明日六時以降なら大丈夫だと思う」

「ありがとうございます。じゃあ、場所と時間決めときますね。食べたいもののリクエストがあったら教えてください……って、そう言えば」

洞ケ瀬の連絡先を知らない。名刺に書かれていたのは洞ケ瀬旅館の電話番号とメールアドレスで、プライベートの番号は教えてもらっていなかった。赤城は慌てて自分の名刺の裏に個人番号とメールアドレスを書いて、洞ケ瀬に手渡した。

「これ、僕の個人的なやつです。手が空いたときに登録しておいてください。できればリクエストのほうも早めに」

「なんか、会社員やってたときのこと思い出すね」

飲み会の幹事、と言われ、ああ、と赤城も納得する。この数年、下っ端の自分が幹事を任されることが多く、予約や先輩方のリクエストを聞くのにもすっかり慣れてしまっていた。

「じゃあ、明日は僕お休みなんで、やることも山積みですし、今日はお茶会はなしで早く帰って仕事片付けちゃいますね」

頭を下げ、仕事に戻る。帰る間際、チラッと事務所を覗くと、宮田が不貞腐《ふてくさ》れた顔で帳簿をめくっていた。だがしっかりと手元は動いていて、きちんと仕事をしていることが窺《うかが》えた。きっとプライドの高い人なのだろう。洞ケ瀬とどうにか折り合いがつけばいいのに、と赤城は願わずにはいられなかった。

珍しく残業もなく、定時で帰れそうなことがわかると、赤城は菅原にアパートに行ってもいいかを訊ねた。七時以降ならいいよ、と了承され、適当にコンビニで夕食を買い、七時半に菅原の部屋を訪れた。

まだ少しおっかなびっくりしながら次郎丸を撫で、抵抗がなくなってきた頃、菅原と一緒に彼女の散歩に出掛けることにした。

街灯が点《とも》る薄闇を、次郎丸のペースに合わせてゆっくりと歩きながら、赤城たちはとりとめもなく話をした。大学時代の友人のこと、今やっている仕事のこと、最近はまっている趣味のこと。前回は、赤城もいっぱいいっぱいだったし、次郎丸への溺愛話と犬のよさについて菅原が喋るのを聞いていただけだったので、落ち着いて近況を話すのは再会してから今が初めてだ。

「そう言えば訊き忘れてたんだけどさ、チカはどうして犬嫌いを治そうと思ったんだ？　仕事先に犬がいるとか？」

菅原が訊いて、赤城は洞ケ瀬のことを話していなかったのを思い出した。

「いや、犬じゃないんだ。三易村の洞ケ瀬旅館ってとこに獣化症の人がいて、僕、その人と会ったとき、怖くてろくに挨拶できなかったんだよね。気をつけても、やっぱり身体が強張っちゃうし。だから、治そうと思って」

「なるほど。でも、だったらその人に会わなきゃいいだけじゃないの？」

「取引先の社長だし、物販担当だから、そういうわけにもいかない」

おとなしく隣を歩いていた次郎丸が、ちらりと赤城を見上げた。先ほどよりも呼吸音が激しくなっている。疲れているのか、テンションが上がっているせいなのか、付き合いの浅い赤城にはよくわからない。

「獣人が社長？」

菅原がつぶやいた。赤城は立ち止まった。

「それが何？」

少し険を含んだ声に、いや、と慌てて菅原が言葉を足した。

「大変だろうなって思って。本人も、周りも」

くいっとリードが引っ張られる。次郎丸が急《せ》かすように赤城を振り返った。赤城は菅原に何も答えず、次郎丸に引かれるまま歩き出した。

周りの認識なんて、そんなものなのだ。洞ケ瀬の人格がどうとか関係なしに、獣化症だからという理由ですべてを片付けてしまう。

そしてそれは赤城にも当てはまることだった。

獣化症だから。見た目が犬みたいだから。怖いから。

だから、自分は彼に近づけない。やっていることは他の人と一緒だ。犬じゃないと言い聞かせても、赤城の脳は彼を犬だと認識してしまう。

公園に着くと、次郎丸はベンチの傍《かたわ》らで座り込んだ。赤城もベンチに腰を下ろし、隣に菅原も座った。

「いい人なんだ。猛さん」

「その社長？」

「うん。僕が怖がっても、そのままでいいって言ってくれた。やさしい人なんだ。ものすごく」

「今まで治そうとしなかった犬嫌いを、その人のためだったらがんばって治そうとするんだな」

自嘲めいた声に、赤城は次郎丸から菅原のほうへ視線を遣った。声と同じように、菅原は拗《す》ねた顔で赤城を見つめ返した。

「言ったろ。仕事なんだ」

「そのままでいいって言われたんなら、わざわざ治す必要もないだろ」

どうして菅原が怒っているのか、わからなかった。

「怒るなよ」

「怒るよ」

菅原はぐっと眉を寄せ、吐き出すように続けた。

「俺のときは努力なんてしてくれなかっただろ」

「それは」

それはもう、彼が次郎丸を飼い出した時点で、赤城の心が冷めていたからだ。そして少なからず、次郎丸は赤城が彼と別れようと決意したきっかけになった。

「次郎丸を飼う前から俺は犬が好きだったし、子犬から育てればお前も好きになってくれるんじゃないかと思ってたのに、俺の計画も気持ちも無視して、お前は俺から去っていった」

知らなかった。菅原が犬が好きだったことも、赤城の犬嫌いを治そうとしてくれていたことも。赤城はただの嫌がらせとしか受け取れなかった。彼のために犬嫌いを克服しようなんて、思いもしなかった。

「……そうだったんだ。ごめん」

赤城が素直に謝ると、菅原は細く息を吐いて、それからぎこちなく笑った。

「あのときお前が、今くらいがんばってくれてたらな」

そうすれば、自分たちは別れずにいたのだろうか。

社会人になった今なら、彼が働き出してから赤城を構わなかった理由がわかる。ただ、本当に忙しいのだ。少しくらいの時間はあるが、疲れきった顔で恋人に会うのはためらわれる。

男女ならまだしも、赤城たちは男同士で、見栄とかプライドとか、多少なりともそういったものに囲まれて生きていて、だからこそお互いに気を張って、身動きが取れなくなることがある。

赤城も彼の忙しさを察してあげられればよかったのだろうし、彼も赤城に甘えればよかったのだ。

今はそう思う。だが、当時の自分たちにはそれができなかった。いくら「もしも」を並べても、現に赤城と菅原は別れてしまっているし、戻ることもないだろう。少なくとも赤城には、付き合い出した当初のような熱はもうなかった。好きなところもたくさんあったが、嫌いなところもたくさんできた。友人なら許せても、恋人となると我慢できないこともある。次郎丸はきっかけだったが、原因そのものではなかったのだ。

「タイミングもあったと思うよ」

「それは、お前が犬嫌いじゃなくても関係なく俺と別れてたってことか？」

責めるような物言いに、さすがに少し気分が悪くなる。

「僕にばっかり別れた原因を押しつけるなよ」

「悪い」

菅原は案外あっさりと謝り、はあ、と肩を落とした。「こういうところだよな。俺、すぐ人のせいにしたがるから。お前が愛想尽かすのもわかるよ」

「まあ、光重のせいだけじゃないけど。僕もガキだったから」

「そうだな」

からかうように菅原が同意し、ベンチから立ち上がった。がしがしと髪を掻き毟《むし》り、それから「帰るか」と次郎丸に声をかけた。彼の呼びかけに、次郎丸はすっくと身体を起こし、尻尾を力強く振った。

飲み会当日、赤城は朝からやることもなくだらだらと布団の中でスマートフォンを眺めていた。

昨夜、洞ケ瀬からは肉が食べたいというリクエストが来ていて、赤城はよく接待で使っていた個人経営の焼き肉屋を予約した。仕事の愚痴もあるだろうし、と個室を頼んでおいたが、狭い仕切りの中で洞ケ瀬とふたりきりになったとして、怯えずに済むだろうかという懸念はある。

だが、それ以上に洞ケ瀬と酒の付き合いがしてみたいという感情が勝っていて、不安はあっても億《おっ》劫《くう》さは皆無だ。

六時半に洞ケ瀬旅館まで迎えにいくと伝えると、自分も車で行くと断られてしまった。初めて会ったとき、洞ケ瀬はＳＵＶに乗っていて、大きな身体では窮屈そうに見えたのを思い出した。

なんとなく寝転がったまま洞ケ瀬がやっているというＳＮＳを検索してみると、洞ケ瀬旅館の公式アカウントが作られていて、そこには洞ケ瀬の写真が大量にアップされていた。本人が描いたというあの微妙な黒柴のイラストも上がっているのを見つけ、赤城は思わず噴き出した。しかし、赤城が笑ったのとは対照的に、イラストには結構な数の「いいね」がついていて、コメントも「かわいい」だの「グッズ化希望」だの、好意的なものばかりだった。

「僕の美的センスのほうがおかしいのか……？」

もしかしたら、赤城のような凡人には計り知れない何かが、このイラストにはあるのかもしれない。

とにかく、洞ケ瀬が管理しているそのアカウントは、地方旅館にしてはそこそこのフォロワーがいて、洞ケ瀬もコメントには積極的にリプライを返しているようだった。どちらかと言えば旅館の、というよりは洞ケ瀬猛個人の日記のようなものが多かったが、これで集客に繋《つな》がるのならその戦略は正しいのだろう。

少し悩んで、赤城はそのＳＮＳのアカウントを作成して、洞ケ瀬旅館をフォローすることにした。アカウント名は安直にチカだ。プロフィール画像は適当に最近食べたコロッケパンで、自己紹介は空白のまま。

アカウントが稼働してからたった三ヶ月だが、上げられた写真は軽く百枚は超えていた。その半分以上に洞ケ瀬が写っていて、そのどれもが表情豊かだ。そしてそれらを眺めるうちに、だんだんと赤城は洞ケ瀬の顔の特徴を覚えていった。

失礼ながら、犬の顔（洞ケ瀬の場合は犬型の獣化症だが）など全部一緒だと思っていた赤城だったが、試しに普通の黒柴犬の写真を見てみても、やはり洞ケ瀬とは違うなと、その違いを理解しはじめていた。それに、黒柴犬の写真を見たときはぞわりと肌が粟立《あわだ》つのに、洞ケ瀬の写真を見ているときはもう恐怖感を感じない。

もしかしたら、これは大きな進歩なのでは、と赤城の心に少しだけ希望が湧く。

「……まあ、実際に顔を合わせたときにどうなるかなんてまだわからないけど」

そうひとり言ちて、ため息をついたあと、ようやく布団から這い出てベッドを抜け出す。

それから午前中はネットサーフィンをしながらゴロゴロし、昼食はカップ麺で済ませた。部屋の掃除をしているうちにあっという間に夕方になり、いろいろ考えた結果、赤城はジーンズにシャツという軽装で待ち合わせ場所に向かうことにした。

約束の時間より二十分早く着いてしまい、中に入るにも早すぎる、と車の中で待つことにする。

それからほどなくして見覚えのあるSUVが隣に停まり、その運転手が窓越しに赤城を見つけて、嬉しそうに口角を上げた。その瞬間、少しだけ身体が強張る。さすがにまだ実際に会うとなるとダメか、とため息を殺しながら、ぺこりと会釈して赤城は車から降りると、すぐに洞ケ瀬も車を降りてやって来る。

しかしあと一メートル、というところで、洞ケ瀬が立ち止まって手を上げた。さすがに外では脅かしたりしない節度は持っているらしい。

「お待たせ」

「お疲れ様です」

彼はいつものスーツや法被姿ではなく、赤城と同じくジーンズにシャツというシンプルな出《い》で立《た》ちだった。一番上までボタンが留められないのか、開いた襟元から白い胸の毛が覗いている。

「私服姿、初めてですね」

「寿近くんもね。スーツ姿しか見たことなかった」

赤城は苦笑して、洞ケ瀬に一歩近づいた。彼の後ろで、ぱたぱたと尻尾が揺れているのが見えた。

――あれ？

そこで赤城は、ふと自分の身体が普段より強張っていないことに気づいた。いつもなら、洞ケ瀬の耳や尻尾が不意打ちで動くだけで怯えていたというのに。

ＳＮＳをチェックして、洞ケ瀬の写真を見たのがよかったのかもしれない。

「寿近くん？　どうかした？」

急に黙り込んだ赤城に、洞ケ瀬が訊く。

「いえ、なんでもありません」

「本当に？」

「はい」

頷くと、洞ケ瀬は疑うように腕を組んで、急に赤城に顔を近づけてきた。

――あっ、犬だ。

洞ケ瀬が人間だとわかっていても、顔の構造はどう見ても犬だった。それを認識すると、いくら慣れたとは言え、赤城の全身から血の気が引いていく。次郎丸には触れるようになったし、怖くもなくなったが、彼女とは顔の系統もサイズも何もかもが違いすぎる。

視界の端で、ぱた、と大振りな巻き尾が揺れた。今度こそびくりと身体が跳ねた。彼はじっと赤城を見つめ、しかし赤城も怖さに立ち向かうため見つめ返した。じわり、と汗が手のひらに滲む。

「そんなに見つめられると穴が開くんですけど」と、とうとう耐えきれなくなった赤城がごまかすように頭を掻くと、彼も耳を忙しなく動かし、咳払いをした。

「行きますか」

「はい」

店に入ると、やはり店員に少しだけ驚かれて、だがそのあとは普通に四人掛けの個室に案内された。大柄な洞ケ瀬でも広々と座れるようにという赤城なりの配慮だった。

「僕は生ですけど、猛さんはどうしますか？」

「じゃあ俺もビールで」

コースにするか単品にするか悩んだ末、どうせたくさん食べるだろうからと四人前のコースにして、あとは足りなくなったら追加することにした。赤城は一七三センチで細身ではあるが、営業は体力勝負で見た目以上にハードだから、平均男性よりは食べるほうだ。そしてもちろん、洞ケ瀬もだ。赤城よりも一回り大きく、その分食欲だってあるだろう。いつだったか、もう三十近いのに、成長期の高校生並みに食べると言っていた。ご飯は毎食二合、おかずも母親の三倍は必要だとも。

店員にオーダーをして、生ビールが運ばれてきた頃、再び洞ケ瀬が何も言わないまま赤城のほうをじっと見つめてきた。

「僕の顔に何かついてますか？」

まっすぐ見つめ返すと、洞ケ瀬はぷるぷると雨に濡れた犬のように顔を振ってみせた。本物の犬を想起させる行動に、自動的に赤城の身体が拒絶反応を引き起こす。

「わっ！　なんですか、もう」

不可解な行動を訝《いぶか》しんで赤城が訊くと、洞ケ瀬はふっと鼻から息を吐いた。

「いや、やっぱり怖がってもらわなきゃ脅かしがいがないなと思って」

「僕で遊ばないでくださいよ」

怯える赤城が面白いのはわかるが、心臓に悪い。これ以上からかわれないために、と早々に乾杯を済ませると、「そう言えば、」と赤城は話題を変えるために、切り出した。

「僕の前に三易村の担当だった鈴枝さんは、小学校の同級生に獣化症患者の方がいたとおっしゃっていました」

「へえ。何型だったの？」

「茶色い狼だったと。名前は確かちょっと変わっていて、えっと」

「露崎、じゃなかった？」

思い出すより先に言われ、赤城は「知ってるんですか」と訊き返した。

「獣化症患者のコミュニティって結構狭くてね。直接彼を知っているわけじゃないんだけど、親同士の繋がりがあったはずだよ」

「なるほど」

「寿近くん、狼は大丈夫なの？」

ふいに訊かれ、赤城は狼の姿を思い浮かべる。が、ほぼ犬と同じ容姿のためか、狼に対しても少し抵抗感がある。

「……怖い、ですね」

「じゃあ露崎くんに会っても腰ぬかしちゃうね」

「ちょっと、僕は別に猛さんに会っても腰ぬかしたりしなかったじゃないですか」

赤城の抗議に、ははは、と洞ケ瀬が声を立てて笑った。

「他にどんな型の人がいるんですか？」

「いろんなやつがいるよ。同じ犬でもシャーペイみたいなのとかサルーキとか……」

どれも聞いたことのない犬種ばかりで、赤城が首を傾げると、洞ケ瀬はスマートフォンの写真フォルダを見せてくれた。シャーペイは皮のたるんだ茶色い短毛の犬で、サルーキは耳の垂れた首の長い高級そうな犬だった。

「犬以外だったら、猫や熊、狐や虎なんかもいるね」

「これ全部日本人ですか？」

赤城の質問に、洞ケ瀬はこくりと頷いてから、説明する。

「ＣＴ型は、どういう理屈で決まるのか、わかってないんだ。だから日本の在来種じゃないシャーペイとかサルーキとかグリズリーとか虎とかも生まれることがある」

「そうなんですね」

獣化症患者について、日本では義務教育のうちに入っているから、ある程度知っていたが、まだまだ知らないことだらけだ。

「不思議ですね。見た目は完全に洋風なのに。ってまあ、見た目で国籍が決まるわけではないんですけど」

「そうだね。でもうちの両親はよく黒柴でよかったねって言ってたな。旅館にはぴったりだから、日本犬でまだよかったって」

なんてことないように、洞ケ瀬が笑い飛ばした。場の空気を壊さないようにと赤城も交じろうとしたが、乾いた笑いしか出てこない。

本当に笑っていいのだろうか。笑い飛ばせることなのだろうか。

獣化症患者は、他の人と等しくなければならない。獣化症患者であることを理由に、差別をしてはならない。犬嫌いはどうしようもないと置いておいて、赤城はずっとそういう教育を受けてきた。獣化症をネタに笑いを起こすなど、赤城の中の常識ではありえなかった。洞ケ瀬がどういうつもりで笑っているのか、到底理解できない。それともそう考えて身構えてしまう自分のほうがおかしいのだろうか。

そんな赤城の憂鬱を置いて、笑い止んだ洞ケ瀬がのんびりとした声で言った。

「東京にいた頃は、獣化症患者同士集まってパーティーをしてたな」

「ああ、そうか。猛さん、旅館を継ぐ前は東京にいたんですっけ」

「そうそう。旅館を継ぐのを迷ってて、大学が東京だったから、そのままあっちで就職して。化粧品会社の研究員を数年」

「研究員だったんですか」

　接客もうまいから、営業か経営のほうだと思い込んでいた。

　見えないかな、と照れくさそうに洞ケ瀬が首に手を遣った。この巨体で顕微鏡を覗いている姿を想像してみたが、赤城にはうまくできなかった。

「うちで使ってるシャンプーや化粧水も、そのとき俺が携わってたブランド」

　いい匂い、と客の女の子が言っていたのを思い出した。

「お花の香り」

　赤城が女の子の真似をしてつぶやくと、洞ケ瀬は目を細めた。

「寿近くんも使ってみる？　よかったら今度うちの温泉に入っていけばいいよ。なんならお背中も流しますよ」

　洞ケ瀬と風呂――その状況を思い描きそうになって、赤城は頭の中で慌ててブレーキを踏んだ。

「はい、ぜひ」と不自然にならないように愛想笑いを浮かべて頷き、洞ケ瀬から目を逸らす。これだからオープンゲイは、と変に逆恨みしそうになる。

そのあとは、お互いの趣味の話や学生の頃の話に移っていった。タン塩を平らげ、カルビやロースにかかりはじめると、赤城がもてなすはずがいつの間にか完全に洞ケ瀬が焼肉奉行になっていて、いかにおいしい焼け具合にできるかを熱心に研究するようになっていた。研究職っぽいなあと思いつつ、本人が楽しそうならと赤城も止めなかった。どの肉の焼き加減がちょうどいいか判定してくれと、適度な焦げ目がついた肉が、赤城の皿の上にどんどん積み上げられて、役得でもあった。

　ジョッキをお替りし、酔いも回ってきた頃、ようやく話題が仕事の話になった。

「それにしても、正直なところ三易村は大丈夫なんでしょうか。将来的なこととか」

　普段なら遠慮するはずの赤城だったが、今日飲み会を開いたのは、この話をするためで、遠慮もなくそう言った。宮田との諍《いさか》いで、洞ケ瀬の相談に乗ってくれる人がいないなら、自分が愚痴を聞こうと思い立ったのが発端だ。

　肉をつつく手を止め、洞ケ瀬がちらりと赤城を見た。そして肩をすくめると、再び手を動かして、ミディアムレアの焼き加減のハラミを赤城に寄越す。自分はさらにそこから少し炙《あぶ》って、焦がしてから皿に取る。

　何かを振り払うかのように耳をぴくぴくと素早く動かし、洞ケ瀬が口を開いた。

「三易村は近くに観光地もない、ただの温泉街だ。今さら売上げを伸ばすなんて無理に決まってる。ましてや俺なんかが」

「え……？」

　まさかそんな言葉が彼の口から出るとは思わず、赤城は瞠目《どうもく》した。

　ポジティヴな反論が聞けると思って訊いたのに、と戸惑う赤城をよそに、洞ケ瀬がぐいっとビールを呷って、少し乱暴にジョッキを置いた。

「……って、宮田さんに言われた」

「宮田さん？」

「そう。聞いてたでしょ？　あのあとにも捕まって、ぐちぐち言われたよ。はっきりとは口にしないけど、俺が跡を継ぐの、きっと反対だったんだろうな」

　もう酔っているのか、洞ケ瀬のはっきりとした二重がさらに深くくっきり見えた。そしてそれを見て気づく。洞ケ瀬の目は二重だ。今朝写真を見ていたときには気づかなかった。犬に一重も二重もないと思っていたが、人間と同じように個々に顔立ちの違いがあるのは当たり前なんだよな。いや、でも洞ケ瀬は人間だから、と赤城がぐるぐる考えていると、洞ケ瀬はさらに不貞腐れた顔になって続ける。

「社長、この村をどうやって有名にするつもりですか？　まさか社長の容姿だけで客寄せしようって魂胆じゃないですよね。ミーハーな客ばかり来てもらっても、うちの品位が落ちるばかりですよ……って、品位も何もないじゃんか。そもそも特産品もない、景観もどこにでもある中途半端な田舎町、有名人の出生地でもないし。だけど、」

　そこでふっと洞ケ瀬がいったん息を吸って、忌々しげに吐き出した。

「宮田さんやあんな旅館組合のクソジジイたちが正しいなんて、俺は思わない」

普段、決して口は悪くない洞ケ瀬にここまで言わせるとは。

「何かあったんですか？」

自分が聞いていいものか迷ったが、赤城は眉を寄せ、訊《たず》ねた。

「俺は、村のためにがんばろうとしてるんだけどな。旅館の仕事だけじゃなく、清掃ボランティアや青年団に参加したりね。なのに、俺が獣人だからって——」

「……嫌味を言われてる、と」

「嫌味だけならまだいいよ」

ふっと自嘲気味に洞ケ瀬は鼻を鳴らし、組合の会合で言われたことをつらつらと語り出した。

「俺はね、寿近くんが心配してたように、三易村の将来のことを考えて、村の振興についていろいろ提案したんだよ。せっかく滝や川があるんだから、滝くだりのアクティビティーをやったらどうかとか、寺や神社もあるから神社仏閣巡りをしたらとか、三易村の温泉入り放題の温泉パスを作ったらどうかとか、ね。ハイキングやロードレースもやったっていい。村役場にも掛け合ってみようって」

「楽しそうですね」

大変そうではあるが、他の地域でもやっているところはある。できないことではない。赤城が感想を洩らすと、洞ケ瀬は「だろ？」とよりフランクな言葉遣いで同意を促した。

「でもまあ、予想どおり人件費がかかるとか、先導できる人間がいないとか文句ばっかり言われて」

「ようは、自分たちの手間が増えるのが嫌なんでしょうね。宮田さんはまた別の思惑でしょうけど……」

「宮田さんはね。親父《おやじ》と長年一緒にやってきたっていうプライドもあるだろうからね。うちの旅館が高級志向なのは確かだし、急に方向転換して今までのお客様にがっかりされたくないっていうのもわかる。意見は尊重したいと思うよ。でも……」

「このままでは立ち行かなくなる日が来る」

「そう」

赤城が洞ケ瀬の言葉の先を拾うと、彼は満足そうに目を細めた。

「……寿近くんはいいね。俺が何を考えてるか、すぐに汲《く》んでくれる。話してて心地いい」

洞ケ瀬は付け合わせのカクテキを口に放り込み、それをビールで流し込む。と、口の端から入りきらなかったビールがつーっと伝って、ふさふさの胸毛に落ちていった。

「っと、どこまで話したっけ」

洞ケ瀬がジョッキを置き、話題を戻した。

「組合に取り合ってもらえなかったところまで」と赤城が答えると、「そうだった。あのクソジジイどもの話だ」と洞ケ瀬がもう一度クソジジイと吐き捨てた。今度は若干殺気が混じっているようだったが、彼は喉をもう一度ビールで潤し、喋り続ける。

「組合の会合だって、最近じゃわざと時間をずらして伝えられたり、挨拶しても無視されたり、意見を言おうものならこれだから若いもんは、とか、普通の人間なら、とか難癖つけて聞きやしないんだよ。村役場の連中も同じさ。あからさまに俺を避けたり、そういうのは議会で予算申請が通ってからとか遠回しに断ってきたり」

「それは腹が立ちますね」

赤城が真剣に頷くと、洞ケ瀬は窺うようにちらりと赤城を見遣り、それから残っていた肉と野菜を全部網に並べはじめた。

「もうあいつらは頼りにしないから、せめてまだ若い跡取りたちに協力してくれるよう誘うくらい許してほしいよ。あいつらが全員くたばってから始めたって、その頃にはもう村自体が壊滅してるよ」

確かにそうだ。旅館組合の顔ぶれは知っているが、彼らはまだまだ長生きしそうだ。

「猛さんは」

赤城は隅のほうで水分を失ってかさかさになったキャベツに箸を伸ばしながら、何かをなぞるように言った。

「三易村が好きなんですね」

「そうだよ」

洞ケ瀬はまっすぐに赤城の目を見つめた。

彼が言うことが本当なら、立場は相当に微妙だ。獣人だからと弾き出されて、再興プランをいくら説こうが年寄りたちは右から左へ聞き流す。組合が動かなければ、役所もおそらく動かない。新しく社長になったばかりの若者には、荷が勝ちすぎている案件に違いない。

ちなみに、と赤城はぴんと張った洞ケ瀬の耳を見つめて聞いた。

「洞ケ瀬旅館だけで有名になっちゃうとかはダメなんですか？」

「もうホームページだってリニューアルしたし、定期的にＳＮＳにだって宣伝もしてるんだけどなあ。周辺に魅力的なスポットがないと、どうしてもね」

洞ケ瀬はそう言って鞄《かばん》からタブレットを取り出し赤城に差し出した。画面には黒を基調としたシックなデザインのページが映っている。写真も多めで、見出しや案内もシンプルで見やすく、確かに数ある温泉旅館のサイトの中でもおしゃれな部類だろう。

だが、

「なんか、かっこよすぎません？」

赤城は普段ならかかるはずのストッパーを取り払ってバカ正直に感想を口にしていた。

「洞ケ瀬旅館っぽくないっていうか」

「それって」と洞ケ瀬が少しむっとした声で言う。「うちの旅館はもっとダサいってこと？」

「いや、そうじゃなくて。僕が思うに、洞ケ瀬旅館のイメージは白なんです。いや、白ってのも少し違うな……ええっと」

挨拶回りのとき、初めて旅館を見たときのことを思い出す。

神社仏閣のような、静謐な佇《たたず》まい。凜とした空気。冷たい水のようでもあり、あたたかな光を放つ行灯《あんどん》のようでもあり、相反するふたつの雰囲気が当然のように混ざり合って洞ケ瀬旅館に住み着いている。

　冷たさとあたたかさを兼ね備える色。だから赤城にとって洞ケ瀬旅館のイメージは白に似た色なのだ。

　赤城の拙《つたな》い説明を聞くと、洞ケ瀬は眉間のしわを緩めた。

「なるほどね。寿近くんにはそう見えるのか」

「猛さんは違うんですか？」

「うーん、俺は中の雑然とした感じとか、古くなって傷んだところも知ってるからなあ。寿近くんみたいにピュアな目では見れないなあ。なるべくきれいに保つようには心掛けてるけど、やっぱり古い建物だからね」

「それがいいんじゃないですか」と赤城は反論した。「観光客は新しいものばかりを求めているわけじゃないんですよ。ノスタルジーとか、非日常感とか、そういうのを感じさせてくれるものだからこそお金を払う価値があるんです」

　宮田の言いたいことも、きっとそういうことなのだろう。洞ケ瀬にはがんばってほしいと思うが、客観的な立場にあるからこそ、宮田の気持ちもわかる。

「それはまあ、そうだけど。でも寿近くん、洞ケ瀬旅館をかなり高く評価してくれてるね」

　洞ケ瀬がにたりと微笑み、赤城は恥ずかしくなって口を閉ざした。ちらりと洞ケ瀬の様子を窺うと、しかし一転、彼はビールジョッキを両手で包み込むようにして持ち、ふがふがと鼻先をそこに埋めていた。尻尾はぶおんぶおんと大きく揺れている。

　びくびくしながら彼の奇行を訝っていると、しばらくしてはっとした様子で洞ケ瀬がジョッキから鼻を外した。

「ごめん。じわじわ嬉しくなって変なことしてたね。照れるとなんか鼻が隠したくなって」

　照れていたのか。地肌が見えないので赤くなっているかどうか区別がつかなかった。

「まあそれは置いといて」と洞ケ瀬がメニューを引っ張り出して目の前に広げながら言った。「具体的にどうしたらいいと思う？」

　三易村の再興について。あるいは、洞ケ瀬旅館の売上げを伸ばす方法について。

「寿近くんは、洞ケ瀬旅館が勝ち抜けするために、他に何をすればいいと思う？」

　訊かれ、言うのをためらったが、赤城はそれが洞ケ瀬のためになるならと考えていたことを口にした。

「宮田さんの言う高級志向って、きっと非日常を存分に味わわせてくれる、日常とは違う空間を提供できる旅館って意味ですよね。それについては僕は賛成です」

「宮田さんの肩を持つのか」

「そうだけど、そうじゃないんです」

　洞ケ瀬の目線がメニューから離れたタイミングで、赤城は呼び出しボタンを押した。ジョッキはもう空だし、食べたいものも決まったのだろう。

「イチボ頼んでいい？」

「いいですよ。あと、ユッケと生も追加で」

すぐに店員がやって来て、注文を聞くとすぐに引き返していく。そこそこの客で賑わっているようだが、この店は対応が早くてストレスがない。

「でもその感覚って、高級じゃないと味わえないわけではない。それこそ猛さんが言うみたいに、お手軽なレジャー感覚でも味わえる。猛さんに会いに来た女性客は、きっとそういう感覚だったんでしょうし。いわば、会いに行ける身近なアイドル、みたいな立ち位置で……」

言ってから、洞ケ瀬をダシに使っていると宣言したようなものだったと、赤城は自分の失言にはっとして洞ケ瀬を見た。だが彼が怒った様子はなさそうだった。それどころか、「そうそう。俺は広告塔になる」などと頷いている。

言い出したのは自分なのに、赤城の中にもやっとしたものが溜《た》まっていく。洞ケ瀬は気にしていないようだが、赤城にはそうは思えない。だが本人が納得している以上、それを遮ることは言えなかった。

「それで？」と洞ケ瀬が訊いた。

そのタイミングで注文していた肉とビールが届き、洞ケ瀬がまた丁寧に肉を焼きはじめた。

「もちろん、猛さんを全面に押し出した売り出していいとは思いません。一過性のことでしょうし、飽きだってくる。でも、繋ぎとしてなら、十分に効果はあると思います」

「俺が地元アイドルになって客寄せをしているあいだに、旅館組合や村役場の連中を懐柔しろってことか」

　やはり、話が早い。洞ケ瀬が言うように、自分たちは思考が似ているから話が進みやすいのかもしれない。

「従業員の方たちの反応はどうなんですか？　宮田さんはみんなが反対してる、みたいなこと言ってましたけど」

「実際に反対している人はそんなにいないと思うよ。俺自身を快く思っていないのは確かかもしれないけど、売上げも伸びていないから、何かしら対策はしなきゃと感じてるんだと思う」

「早く打ち解けられるといいですね」

「ああ」

　肉汁が木炭に落ちはじめたところで肉をひっくり返し、軽く炙ったあと、洞ケ瀬が赤城の皿にそれを置く。一時間弱、肉を焼くことに熱中していた彼は、もうすっかり焼肉マスターと化していた。遠慮なく置かれた肉を頬張ると、溢《あふ》れ出る旨味《うまみ》に赤城はうっとりと目を細めた。その顔を見て、洞ケ瀬も得意げに微笑み、それから思い出したように「そう言えば寿近くんってコロッケパン好きなの？」と唐突に訊いた。

「コロッケパン？」

何のことだと訊き返すと、洞ケ瀬はスマートフォンを弄《いじ》ってＳＮＳのフォロワー画面を開いた。その最新フォロワーの欄に、チカ、という名前があった。

「あ……」

すっかり忘れていた。コロッケパンをアイコンにしていたのだった。赤城のその反応を見て、洞ケ瀬は、「やっぱり」と肩をすくめた。

「どうしてわかったんですか」

「このまえ車の中で同じコロッケパン食べてたなって思い出して、名前もチカだし。俺しかフォローしてないし」

昼食を洞ケ瀬旅館の裏口に停車したまま食べていたのをばっちり見られていたようだ。恥ずかしくなって赤城はかあっと頬を赤く染めた。

「別に、たまたまあった写真があれだっただけで、別に好きとかではないんです」

「そうなの？　せっかくならおすすめのパン屋さん教えてあげようと思ったのに」

「あっ、それは知りたいです」

「なんだ、やっぱり好きなんじゃん」

くすくすと笑われ、さらに顔を赤くしていると、ポコンッとスマートフォンに通知が入った。なんだろうと思って確かめてみると、ＳＮＳのフォロワーがひとり増えていた。洞ケ瀬旅館のアカウントだった。

「僕、何もつぶやきませんよ」

「そうなの？　もったいない」

　趣味もなければ、特段何か活動しているわけでもない。仕事から帰って、動画サイトでお気に入りの配信を観て寝落ちする。休日も然《しか》りだ。自分のつまらない日常生活を思い出し、赤城はため息をついた。

「……いっそ猛さんも動画配信すればいいのに」

　そうしたらきっと、自分のルーティンワークに洞ケ瀬が入り込んで、動いている彼にもっと慣れるだろうに。

　なんとなく思いつきでつぶやいたその言葉に、洞ケ瀬の肉を焼く手が止まった。無理なことを言っただろうかと赤城が洞ケ瀬を窺うと、彼はぱちんと指を鳴らして言った。

「……それだ」

　寿近くん天才、だの、いい発想力だ、だの称賛の言葉を並べ立てる洞ケ瀬の尻尾は、これ以上ないほどに大きく早く揺れていた。

「周りが賛同してくれないなら三易村の魅力を掘り起こして俺がプレゼンすればいいんだ。配信してたら全世界の人に見てもらえるチャンスにもなるし、何より……」

　興奮した様子で、洞ケ瀬が目を輝かせて赤城を見つめた。その先はわかるだろう？　と言われているようで、赤城はしっかりと頷いてそれを継いだ。

「有名になれば、それを見た三易村の人たちも動かせるかもしれない」

　プレゼンは、三易村の人たちに対してだ。三易村にはまだこんなにも魅力がある、やる気さえあればどうとでもなることを理解してもらえば、少しは協力的になってくれる可能性はある。少なくとも今よりはマシになるはずだ。

「うん。今後の方針としては、ひとまずは洞ケ瀬旅館、いや、個人で動画配信とＳＮＳでこまめに発信する、と」

　しかし、今でも忙しそうなのに、洞ケ瀬にはそんな時間があるのだろうかとふと心配になる。動画は撮るだけでなく編集も必要だ。研究職だったというのなら機械関係には強そうではあるが、旅館の仕事をしつつ動画もとなると、かかる負担は計り知れない。

　その点自分ならば、と赤城はきゅっと唇を噛んで思考を巡らせた。

　自分なら、仕事以外の時間は十分にある。恋人もおらず、ひとり暮らしで時間に融通も利く。趣味もないため、むしろこの機会に動画制作を趣味にしたっていいくらいだ。それに、洞ケ瀬が話題になれば、観光客が増える。それは結果的に売上げアップに繋がることでもあるのだ。赤城にはメリットしかない。

　デメリットと言えば、未だ犬嫌いを克服できていないことと、動画制作などやったことがないので、足を引っ張ってしまう不安くらいだ。しかしそれでも、アシスタントくらいはできるだろう。

　泡の消えかけたビールを景気づけにぐびりと飲んで、赤城は「あの」と手を挙げた。

「その動画配信、僕も手伝っちゃダメですかね？」

　途端、洞ケ瀬の黒目がちな瞳が、きらりと光った。そしてほっとしたように息をつくと、「よかった」と気弱なふうにつぶやいた。

「実は寿近くん、手伝ってくれないかなーって思ってたんだ」

「ひとりでやるのは大変ですもんね。僕、裏方ならやりますよ」

「まあ、それもあるんだけどさ。でも、いいの？　貴重な休日を俺に使うことになるけど。俺といたら緊張して気が休まらないんじゃない？」

　確かに、それはある。常に気を張っていなければならず、洞ケ瀬といるのは結構疲れる。だが、一緒にいること自体が嫌ではないのだ。

　不思議なことに、苦手なはずなのに味方になりたい、彼のために何かしたいと思う気持ちがあることは事実だった。その感情の根源が罪悪感だとしても、赤城にとっては行動原理に変わりなく、優先されるべきものだ。今日の飲み会だってそうだった。

「大丈夫です。どうせ暇だし、緊張はしても嫌ではないですし」

「……恋人は？」

　恋人がいたとしたら、貴重な時間を自分に使わせるのはもったいないと危惧しているのだろうが、無用な心遣いだ。

「そんなものはいませんよ。ここ何年も。だから安心してください」

卑屈っぽく肩をすくめると、洞ケ瀬は驚いたように目を瞬いた。

「寿近くん、モテそうなのに」

露骨なお世辞に、赤城ははっと苦笑した。モテているのは洞ケ瀬のほうだ。観光客にアイドルさながら囲まれて、中には熱い視線を送る者もあった。そんな人に言われても、全然響かない。

「そんなことはないですよ」と当たり障りのない返答をして、それからまたしばらく肉と酒を堪能し、洞ケ瀬の愚痴を聞く会のはずがいつの間にか比較的ポジティヴな決起集会になっていた。

「チームタケチカ結成を祝して！」

「かんぱーい！」

音頭をとるのはもちろん洞ケ瀬だ。彼は穏やかな瞳の中に情熱めいた色を混ぜて、なみなみと注がれたビールジョッキを合わせる赤城に視線を送った。赤城はそれに微笑み返し、首を縦に振る。

具体的な打ち合わせは後日として、その日は何をやりたいか空想を広げて深夜まで語り合った。

そしてその翌週から、「チームタケチカ」は本格的に活動を開始することと相成った。


少し前までは午後二時くらいに洞ケ瀬旅館に立ち寄って、お茶を飲みながら洞ケ瀬と話すことが日課だったが、もう少し話す時間がほしいと洞ケ瀬に乞《こ》われ、赤城は三易村の訪問時間を少し変えることにした。

　洞ケ瀬旅館がラストなので、昼休憩を挟まずに納品を終わらせて、午後一時過ぎに洞ケ瀬と一緒に昼食をとることにしたのだ。

　動画編集について勉強しはじめた赤城は、最初こそ操作方法がわからず苦戦したものの、それさえ覚えればコツコツと画像を切り貼りしたりテロップをつけていくのが思ったより苦ではない自分を発見した。昼休憩時にふざけて撮った洞ケ瀬の動画を試しに編集してみせたら、予想以上の出来だったのか、洞ケ瀬の喜びようはすごかった。

　そして何からやろうかと話し合った結果、洞ケ瀬が当初やってみたいと言っていた滝くだりは無理だとしても、滝で何かしらできるだろうと、まずは水遊びを撮影することになり、次の休みを合わせてふたりで出掛けることになった。


　七月下旬、梅雨も明け、カラッとした夏の日差しが降り注ぐ中、赤城は洞ケ瀬とふたりで三易村の山奥にある滝へと向かった。洞ケ瀬旅館から車を走らせ約五分。整備された滝の入り口の駐車場に車を置き、そこから歩くことさらに五分。赤城はもっと秘境を想像していたのだが、あっさりと目的の滝へと辿り着いてしまった。

　街中の気温は三十度を超えていたが、木々に囲まれた滝の周辺はそれが嘘のように涼しく、蟬《せみ》の声だけが夏を思い出させる。

「他に人もいないし、結構穴場ですね」

　浮輪を膨らませている洞ケ瀬の横で、撮影機材（と言ってもスマートフォンと手ブレ補正用のジンバルだけだが）のセットをしながら赤城が言うと、洞ケ瀬は自慢げに頷いた。

「でしょ？　地元民もあんまり遊びに来ないんだよね」

「せっかくこんなにいい場所なのに」

「車だと近いけど、子どもだけで来るのには遠いし、そもそも三易村にはそんなに子どもがいないからっていう残念な理由もある」

「ああ」

　洞ケ瀬が言うには、知られていないのではなく、ただ単に供給に対して需要がない、ということらしい。

　浮輪を膨らませ終わると、洞ケ瀬はさっそく羽織りを脱いで水着姿になった。何の自虐か、水着と浮輪の柄は柴犬だ。

　ふさふさの胸の毛に、少し毛の薄い腹。上腕は思ったより毛が短く、皮膚の下の筋肉がはっきりとわかった。そしてやはり骨格は犬というより人間だ。その逞《たくま》しさにどきりとして、初めて見る彼の裸の上半身に、赤城は思わず見入ってしまう。

「何エロい目で見てるの、寿近くん」

「いや、そんな目では見てませんけど」

「そうなの？　残念」

　にたりと笑って、洞ケ瀬は見せつけるように力こぶをつくった。感想を求められているのだろうと、赤城は「結構鍛えてますよね、猛さんって」と無難に答える。

「露出が多くなったわけだけど、寿近くん的には大丈夫なの？」

　力こぶを解いて足先だけ水に浸けながら、洞ケ瀬が訊く。冷たかったのか、尻尾がいきなりぶるぶると震えて、しかし離れて全体を見ているせいか、恐怖はない。

「なんか、骨格は完全にヒトなので。逆に怖くないっていうか」

　赤城が答えると、「なんだ」と冷たさに慣れてきた洞ケ瀬が目を見開いた。

「それなら早く脱いでおけばよかったな」

　旅館のフロントや焼き肉屋で脱いでいたとしたら、ただの変態だ。

「捕まりますよ」と赤城が目を眇《すが》めると、「冗談だよ」と洞ケ瀬がため息をついた。

　それから、軽い打ち合わせをして、洞ケ瀬はここに来るまでの道案内や、リサーチしてきたという滝の蘊蓄《うんちく》を語り、赤城はスマートフォンを構えてなるべくブレないようそれを収めた。

「あまり堅苦しくなっても面白味がないから」と、説明のあとは小学生さながら、洞ケ瀬は滝つぼにいる生き物を発見してははしゃいだり、滝の真下で冷やしておいたスイカでスイカ割りをしたり、ただひたすら浮輪に乗って自然を感じたりした。赤城は一緒になってはしゃぎつつも、しっかりカメラだけは構えて、撮り続けることとあっという間に三時間。

「いやー、体力使ったね」

洞ケ瀬がぶるぶると全身を震わせて水気を切った。自分にかかる水滴に苦情を入れて、赤城は先ほど撮った映像を確かめることにする。

「どれも楽しそうでよかったです。思ったより手ブレもないし、使えそう」

しかし冒頭の説明のときは真面目なのに、あとはもうふざけ倒しで、時折抑えきれなかった自分の笑い声が入っていて恥ずかしくなる。

「寿近くんも映れたらよかったのにね」

向かいで赤城の手元を一緒に覗きながら、洞ケ瀬が零した。飛ばしきれなかった水が、ぽとりと画面に落ちる。近づいた鼻先に、赤城はきゅっと唇を引き結んだ。

「さすがに僕は会社員なので……」

洞ケ瀬を手伝うとは言っても、洞ケ瀬旅館の利益に繋がることだ。三易村の他の旅館にも商品を卸している手前、大々的に表に出るわけにはいかなかった。

「わかってる」

ふっと苦笑して、洞ケ瀬が離れてクーラーボックスのほうへと歩いていく。中からスポーツドリンクを取り出して、「寿近くん」と名前を呼んでそれを投げて寄越した。

「……楽しかったですね」

「うん」

「動画、めちゃくちゃ面白く仕上げます」

「期待してる」

「うそ。初心者なんで甘めに採点してくださいね」

気弱に言った赤城の言葉に、洞ケ瀬の笑い声が滝の激しい水音に混じって響いた。


初めての動画撮影をきっかけに、赤城はより頻繁に洞ケ瀬とやり取りをするようになった。メールや電話で話す分には、洞ケ瀬の姿が見えないので構えないで済む。

洞ケ瀬の外見さえ除けば、赤城の彼への好感度はうなぎ上りだった。

話していて楽しいし、何より楽だ。動画の勉強にと教えたお気に入りの配信者を洞ケ瀬も気に入ってくれて、通話を繋いだまま同じ動画を見ることもしばしばで、今では取引先の社長という感覚よりも、仲のいい友人といった立ち位置だ。

気づけばここ数週間、赤城の生活の大半は洞ケ瀬で占められていた。


「ここ、もうちょっとテロップ派手にしたほうがいいんじゃない？」

昼休み、顔を突き合わせて三本目の動画のサンプルを見せていると、洞ケ瀬が赤城のタブレットを指差して言った。洞ケ瀬が買ったばかりのロードバイクに乗ろうとして股間を強打したときの映像だ。

それまで散々かっこよく喋っていたのに、いざ乗ろうとして固定の甘かったサドルが下がっての大惨事だった。同じ男だからその痛みはわかるが、苦痛を分散させようとぴょんぴょん飛び跳ねる洞ケ瀬が面白すぎて、赤城の爆笑する声が入っていた。まさかこの映像にＯＫが出るとは思わず、むしろぜひ使ってくれと言われたときは驚いたが、本人がおいしいと思っているのなら使わない手はない。

「いっそのことギャグ要素強めで、テロップで画面埋めちゃったほうがいいですかね」

なるほど、洞ケ瀬はそういう編集が好みなのか、と頷きながらメモを取る。

ありがたいことに、洞ケ瀬の動画配信は概《おおむ》ね好評だった。中には誹謗中傷の類《たぐい》もあったが、差別的な発言だけ報告して、あとはなるべく洞ケ瀬の目に入らないようこまめに削除するようにしている。

一作目の動画の再生数は二週間ほどで一万を超え、洞ケ瀬旅館のＳＮＳのフォロワーもかなり増えた。

「一緒に動画撮ってる人は誰だって、たまに訊かれるよ」

「残念ですが、僕は天の声なので」

「トップシークレットだからね」

人差し指を立て、洞ケ瀬がそれを口元に当て、ウインクを寄越した。

カメラに向かって大げさな動きを見せるようになったせいなのか、最近の洞ケ瀬は前にも増して気《き》障《ざ》な仕草がよく目立つ。今のように、赤城相手に臆面もなく、ウインクだの投げキッスだの、こっ恥《ぱ》ずかしいことをやってくるのだ。カメラを構えているときならわからなくもないが、こうして普通に話しているときもそうなのだから、すっかり被写体として板についたということだろう。

「猛さん、そのウインク、視聴者に何て言われてるか知ってますか？」

「えっ、何、知らない」

「あざとウインクだそうです。日常生活では破壊力がすごいのでやらないでくださいね」

　あざといウインクをほんの少し略しただけだが、的を射ていると赤城も思う。洞ケ瀬のこのウインクは、確かにあざとい。こんなふうに見つめられたら、策略が混じっているとわかっていたとしても、何でも言うことを聞いてしまいそうだ。未だ彼相手にびくついている自分でさえそう思うのだから、犬嫌いではない視聴者なら、彼の虜《とりこ》になるのは致し方ないことだろう。

「寿近くん以外にはやってないよ」

「それならいいです」

　季節は真夏を迎え、夏休みに入った親子連れや学生の宿泊客が増えた気がする。それが洞ケ瀬の宣伝活動のおかげなのか、それとも毎年のことなのかは赤城にはわからなかったが、旅館での洞ケ瀬は、常に人に囲まれている状態だ。

「滝あそびにハイキング、サイクリング……。次は何をしようかな」

　三易村に関することで、となると、もうすでにネタが尽きかけている気がしないでもないが、赤城はうーんと頭を捻って考える。

「当初俺がやりたかったことはだいたいやったし、あとは寺巡りくらいだけど」

　神社仏閣巡りとなると、ひたすら地味な画《え》になりそうで少し悩む。今までの三作が明るく騒がしい動画だったからなおさらだ。ここでギャップを見せるのもありだな、とは思うが、更新を待ってくれている視聴者が望んでいるものではないかもしれないとも思う。

「……各自持ち帰りで」

「そうですね」

結局昼休みのあいだには決まらず、次会うときまでに各々が考えておくことになった。

その日の夕方、久しぶりに都合が合ったので、赤城は仕事終わりに菅原のアパートを訪ねることにした。

「よお」とスウェット姿で玄関に現れた菅原の目元には、うっすらと隈《くま》ができていた。仕事が立て込んでいたと言っていたから、寝不足なのだろう。

「寝てないのなら出直そうか」

赤城が言うと、菅原は「大丈夫。入って次郎丸の相手してやってくれ」と首を横に振った。

玄関に入ると、部屋のほうからぶすぶすと次郎丸の鼻息が聞こえてくる。

「今日まだ散歩行ってないの？」

「ひと寝入りしたら行こうかと思ってたんだけど」

やはり今から寝るつもりだったのだ。全然大丈夫ではない。部屋の仕切り戸を開けた途端、次郎丸がリードを咥《くわ》えて待ちきれなさそうな様子で、うろうろしていた。

「……僕が行ってこようか、次郎丸の散歩」

「お前ひとりで？」

菅原が驚いたように眉を上げた。赤城は次郎丸からリードを受け取り、軽く深呼吸してから彼女を抱き上げた。

ふがふがという激しい鼻息が一瞬止まり、ごくりと唾を飲む音のあと、目が合った次郎丸がニッと笑った。親しい人へ向ける笑顔に、ふっと赤城からも自然と笑みが零れた。

「克服できてんじゃん」

「うん。そうみたいだ」

赤城はもう次郎丸のことを怖いとは少しも思わなくなっていた。触れるし、抱っこもできる。ふいに傍に寄られても、もうびくつくこともない。

「じゃあ、散歩は任せた」

菅原に言われ、赤城は近くの公園へ次郎丸を連れて歩いていった。最初こそ菅原がいないことへの不安からか、何度もアパートを振り返っていた彼女だったが、公園に着く頃には楽しそうに短い尻尾を振っていた。

しばらく公園内をぐるぐる歩いて、ベンチに座って休憩する。次郎丸も疲れたのか赤城の足元に座り込んでおとなしくなった。

「次郎丸」

赤城が呼ぶと、「なに？」と彼女は顔を上げて赤城を見上げた。ぱちりと目が合って、気づけば赤城は心から「かわいいな」とつぶやいていた。この前は不確かかな、かわいいかもしれない、だったが、今回ははっきりと彼女をかわいいと思う。

犬に対してそう思えたことが、赤城は嬉しかった。胸の内から歓喜が湧き上がり、思わず叫び出しそうなほどだった。この喜びを誰かに知ってほしい。そう思って、そして一番に思い浮かんだのは、洞ケ瀬だった。

赤城は次郎丸を抱き上げて、インカメラで写真を撮った。自分の顔が写ったものを送る、ということに多少の照れくささはあったが、洞ケ瀬ならきっと一緒になって喜んでくれると信じて、「知り合いのパグ、抱っこできました」というメッセージとともに写真の送信ボタンを押した。

しばらく待っても既読がつかないため、おそらくまだ仕事中だろうと、来た道を帰ることにする。出るときに受け取っていた合鍵で菅原のアパートのドアを開け、次郎丸の足を拭いてから部屋に戻ると、菅原はベッドでぐっすり眠っていた。

その寝顔を見て、昔はこの長い睫毛《まつげ》がかわいいと思っていたことを思い出す。右目の下にある小さなほくろも、菅原は女々しくて嫌だと言っていたが、赤城はそれが好きだった。でも今は、そんな無防備な彼の姿を見ても、胸はちっともときめかないし、下半身もぴくりとも反応しない。

付き合い立ては、燃えるような恋情が冷めることなど想像もしていなかったのに、恋とは不思議なものだ。

起こすのも可哀想《かわいそう》だし、このままそっとお暇《いとま》しようと次郎丸に手を振ると、彼女が立ち上がって赤

城の脚をがしがしと短い前足で引っ掻いた。

「腹減ってんのか？」

だが勝手に餌をやっていいものかわからず、ひとまず水だけ交換して置いておく。しかしそれでもまだ次郎丸はそわそわと赤城の周りを動き回る。懇願の目で見つめられたら、赤城もさすがに放ってはおけなかった。少しくらいはいいかな、と少しだけ餌をあげながら買ってきていた弁当を食べることにして、赤城はローテーブルの前に座り込んだ。

弁当を食べ終わっても菅原が起きることはなく、ついでに持ってきていたタブレットで昼間に洞ケ瀬から指摘された箇所の編集をすることにした。テロップを入れ直し、他にも気になったところを微調整して、最終確認をしてから洞ケ瀬にメールを送る。

一時間ほどしてから、ようやく送った写真に既読がつき、すぐに電話がかかってきた。その音に、うとうとしはじめていた次郎丸と菅原がびくっと飛び起きた。

「うわっ、……と、チカ、帰ってなかったのか」

時計を確かめて、菅原は慌てて立ち上がると、キッチンのほうへと歩いていく。

「ごめん、ちょっと電話」

「ああ」

断ってから電話に出ると、洞ケ瀬が開口一番「おめでとう」と明るい声で言った。

「犬、大丈夫になったんだね」

「ああ、でも、その子だけですけどね」

「それでも十分すごいよ」

「……早く猛さんも大丈夫になればいいんですけど」

「嬉しいけど、脅かしがいがなくなっちゃうからなあ」

残念そうな声色に、赤城ははっと笑いを零した。洞ケ瀬がこんなふうに言うのは、赤城に気を遣わせないためだろう。いつまで経っても洞ケ瀬を怖がる自分を責めないように、彼は決して治してくれとは言わない。

「脅かさないでくださいよ」

キッチンに行った菅原が、次郎丸の餌を持って戻ってくる。専用の皿には次郎丸の文字がプリントされていて、彼女がどれだけ愛されているのかよくわかった。

「相手、例の獣人？」

小声で菅原が訊く。獣人と言われたことに赤城はむっと顔をしかめ、菅原が「やべっ」と一応頭を下げたので、首肯した。

「動画、一本目よりかなりよくなってたね。次はもっと再生数増えると思うよ。さっそく明日のお昼にアップするよう予約しとくね」

洞ケ瀬が褒めてくれたことに、赤城は菅原がいるのを忘れてふふっと脂下《やにさ》がった笑みを浮かべた。

「うわっ、チカ気持ち悪い顔してる」

電話中だというのに、菅原が大きな声で割り込んでくる。それにしっしと手を振って、しかし電話の向こうの洞ケ瀬にも聞こえてしまったらしい。

「……パグの飼い主？」

「ああ、そうです。昔の知り合いで、」

菅原のことはちらっと洞ケ瀬にも話したことがあったはずだ。洞ケ瀬がゲイだとカミングアウトしてきたとき、知り合いにもいる、と言ったその人が、菅原だ。

「前に猛さんに同じような知り合いがいるって言ったじゃないですか」

「それって、ゲイだっていう？」

洞ケ瀬の声がぐっと低くなった。不機嫌そうな雰囲気に、余計なことを言ってしまったのだろうか、と不安が襲う。教えられていたとしても、不用意にセクシャリティについて話すのを不快に思ったのかもしれない。

だが、予想に反して、洞ケ瀬が不機嫌になったのは別の要因だった。

「こんな時間までその人の家にふたりきりでいるわけじゃないよね」

「えっ、そうですけど」

赤城が答えると、はあ、と大きなため息が聞こえて、洞ケ瀬が「あのね」と子どもを叱《しか》る親のような口調で言った。

「向こうにとって寿近くんは恋愛対象みたいなものだよ。友だちだと思っていても、夜遅くまでふたりってのはちょっと危機感がないんじゃないかな」

　まるで娘を持つ父親のようだ。あまりに過保護な説教に、赤城は思わず噴き出した。

「そんな、お父さんみたいな……。猛さん、僕の年齢わかってます？　二十六ですよ。子どもじゃないんです」

「わかってるけど」

　それでもまだ納得いっていない様子で、洞ケ瀬はむくれた声を出している。

「なに？　俺の話？」

　洞ケ瀬の声は聞こえていないだろうが、赤城の受け答えで自分の話だと気づいたのか、菅原がにやりと意地の悪い笑みを浮かべてにじり寄ってきた。それにもう一度しっしと手を振り、これ以上話していたら洞ケ瀬と菅原の両方から妙な攻撃が飛んできそうだと通話を切り上げることにする。

「わかりましたよ。そろそろ帰るところだったので、帰ります。それでいいですか？」

「うん。気をつけて」

　では、と電話を終え、振り返ると、顔のすぐ横で菅原がまだにやにやと笑っていて、赤城は眉間のしわを深くした。

「なんか嫉妬深い恋人ができたみたいな会話だったな」

　からかうような言い方に、「恋人だなんて、そんなのじゃない」ときっぱりと首を横に振る。

「あの人、何かと僕に甘いから。今日は度が過ぎて過保護なお父さんって感じ」

「へえ？　お前を幼女か何かと勘違いしてるのか。やばいな」

洞ケ瀬を悪く言われ、赤城はばしりと菅原の太腿《ふともも》を叩いた。「いてっ」と大げさに叫んだ菅原に、餌を食べていた次郎丸が何事かと飛んでくる。それを赤城が引き取って、自分の膝の上に乗せた。

「すっかり仲良くなったな」

次郎丸を慣れた手つきで撫でていると、菅原が先ほどまでのにやつきを引っ込めて、眩《まぶ》しそうに目を細めた。

「うん。今では次郎丸が天使に見える」

赤城の言葉に、「やっとわかったか」と菅原が得意げに胸を張った。

次郎丸は、かわいい。

菅原曰《いわ》く、そう思うのは赤城の脳が「これは安全な生き物だ」ときちんと認識したから、らしい。彼女を犬ではなく、次郎丸という一個の生命体として、個別認証が進んだ結果だという。

「ようは慣れなのかな？　だったら他の犬や獣化症の人も慣れたらいいの？」

「うーん。まあ、そうとも言えるし、そう思うにはお前の考え方次第というか」

「もっとわかりやすく言ってくれよ」

「言ってるつもりなんだけどな」

とにかく、小型犬に慣れるという当初の目的は達成できてしまった。菅原の言うことはよくわからないが、この調子なら洞ケ瀬のこともいずれ怖がらなくなる日が来るかもしれない。

「ありがとう、協力してくれて。おかげで犬嫌いもなんとかなりそうだ」

「ああ。まあ、またいつでも遊びに来いよ。次郎丸も会いたいだろうし」

それに曖昧に頷いて、赤城は帰り支度を始める。

正直に言って、ここにはもうあまり来る気はない。都合よく利用した形になって申し訳なくはあるが、自分が入り浸っていたら菅原も恋人をつくりづらくなるだろうし、何より洞ケ瀬に怒られそうだった。

電話での洞ケ瀬のお説教を思い出し、靴を履きながら笑っていると、次郎丸を抱いた菅原が玄関まで見送りにやって来た。

「過保護なお父さんによろしく」

「お父さんじゃないけど」

「じゃあ嫉妬深い恋人に」

「違うってば」

「なあ、チカ」

靴を履き終え、ドアノブに手をかけたところで、菅原が赤城を呼び止めた。予想外に真剣な声音に、赤城は少しだけ振り返るのをためらった。間を置いて恐る恐る振り返ると、だが菅原は、「やっぱりなんでもない」と肩をすくめ、そのまま手を振った。

「じゃあ」とそっけなく赤城も手を振り、菅原のアパートのドアを閉めた。

菅原が何を言いそうになったのかは、考えないことにする。彼とはもう他人で、考えても仕方のないことだからだ。

車まで戻り、エンジンをかけたところで、ポコンッとメッセージ通知音が鳴った。差出人を見れば洞ケ瀬で、「ちゃんと帰った？」と疑うような質問が飛んできていた。

「ほんとに過保護なお父さんみたい」

あるいは、嫉妬深い恋人。

菅原に言われたことを思い出し、赤城は笑いそうになっていた口角をきゅっと引き結ぶ。

洞ケ瀬と話すのは心地いい。相性だって悪くはない。会話を重ねるうちに、彼の人柄に惹《ひ》かれている自分がいることも、わかっていた。見た目が犬でなければ、好きになっていたかもしれないとも思う。

だが、洞ケ瀬を怖がってしまう自分には、そもそも彼を好きになる権利などないのだ。恋人の容姿が怖くてびくつくなんて、まずありえないし、好きになってもらえるとも思っていない。

考えること自体が失礼だ、と赤城は緩くかぶりを振った。

「今から帰ります、と」

洞ケ瀬に返信し、サイドブレーキを解除する。ゆっくりとアクセルを踏み込んで、夜の住宅街を走りはじめる。

もう少しで満月になりそうな歪《いびつ》な月は、赤城の目から逃げるように雲に隠れた。

「もうすぐ夏まつりってことを忘れてた」

翌日、会うなり洞ケ瀬がそう言って、赤城はびくりと肩をすくめたあと、「夏まつり？」と訊き返した。

「そう。神社の周りを竹灯籠でライトアップする伝統行事なんだけどさ、その竹灯籠を地元の青年団で作らなきゃいけなくて、人手が足りないらしいから、寿近くんも一緒にやらない？」

地元民ではない自分が参加してもいいものかと赤城は一瞬迷ったが、洞ケ瀬が誘うということはつまり、とピンと来て指を鳴らした。

「次の動画は竹灯籠ですか」

「正解」

赤城が商品を棚に並べて納品書を書いているあいだ、洞ケ瀬は待ちきれないというふうに動画の構成についてあれこれと喋り続け、赤城がサインを求めると内容を確認もせずさらさらと名前を書き込んだ。

「猛さん、僕に借金の連帯保証人のサインをさせられても気づかなそうですね」

「え？　寿近くん借金する予定あるの？」

「ないですけど」

ビリッと一枚目をちぎり取り、洞ケ瀬に渡す。

「まあ、寿近くんなら保証人になってもいいけどね」

「ならないでください」

お人好《ひとよ》しにも程がある。

「それで、青年団には撮影許可はもらってるんですか？」

「一応話はつけてあるよ。映るの嫌がる人もいるだろうから、基本的に俺がひとりで作業してるところだけ撮るつもりだけど」

「せっかくなら夏まつりの様子も撮れたらいいんですけどね」

宵闇にぼんやりとやさしい灯《あか》りが浮かぶ光景は、きっと画になるだろう。そうしたらより宣伝にもなるし、動画を見た人が来年行ってみようと思ってくれるかもしれない。

「撮っちゃダメってことはないだろうけど」

洞ケ瀬が言うとおり、群衆を撮影した場合、個人が判別できなければ肖像権の侵害には当たらない。映ってしまってもぼかしを入れればいいだろうが、彼が懸念しているのはそこではないのだろう。

「猛さんに反発している人から何かしら言われるかもってところですか」

「有り体に言えばね」

不服そうなその表情に、まだ反対派の理解が得られていないのだとわかった。動画のチャンネル開設からたった数週間だ。そんな短い期間で凝り固まった保守派が意見を変えるとは思えず（そもそも見てくれているのかもあやしいが）、赤城は「まあまあ」と洞ケ瀬を窘《たしな》めた。

「懐柔しやすそうなところから攻めるべきです。急《せ》いては事を仕損じる、ですよ」

「確かに」

「まずは年齢の近い青年団から」

赤城の言葉に、険しさを解いて洞ケ瀬が笑った。そして、「心強いな」と赤城を見つめながら言う。

「光栄です」

赤城が同じく笑って返すと、珍しく洞ケ瀬はためらうように一度俯《うつむ》いてから、もう一度じっと赤城の瞳を凝視した。

洞ケ瀬の目は、よく見ると黒目の周りが茶色く縁取られていた。虹彩《こうさい》がじんわりと広がっていくのに気づいて、赤城は途端に恥ずかしくなって目を逸らした。

男ふたりで何をやっているんだ。

「竹灯籠作り、いつですか」

赤城が訊くと、「明日の夜」と洞ケ瀬は答えた。急な日程だったが、仕事が終われば赤城に用事はない。

「わかりました。仕事が終わったらまた来ます」

「ありがとう。助かる」

そう言って、ふいに洞ケ瀬が赤城のほうへと手を伸ばしてきた。何をするかと思えば、ぽんっと赤城の頭を撫で、それからしまったというふうに目を見開いた。

「ごめん、今のは本当に無意識だった」

ぱっと手が離れ、しゅんとしたように洞ケ瀬の耳が伏せられる。

驚きに、赤城はしばらく何も言えなかった。

「寿近くん？　大丈夫？」

心配そうに顔を覗き込まれ、赤城は慌てて首を横に振った。

「いや、違うんです」

洞ケ瀬は赤城を怖がらせたと思って謝っているのだろうが、赤城が驚いたのは、真逆の理由からだった。

――不意打ちだったのに怖くなかった。むしろ……。

それこそ違う意味で、どくんと心臓が高鳴ったのだ。洞ケ瀬のやわらかな手のひらの感触と、やさしい微笑みの残像が、じわじわと赤城の体温を上げていく。

「怖かったとか、そういうのじゃなくて」

赤くなった顔を隠すため、赤城は咄嗟《とっさ》に手で顔を覆った。

まさか、こんな日が来るとは思わなかった。

――犬嫌いの自分が、見た目は完全に犬である猛さんにうっかりときめいてしまうなんて。

「そういうのじゃないなら、何？」

訝る声が聞こえてくるが、赤城は顔を上げられない。

「いや、頭ポンポンとか、少女漫画みたいなことされるとは思わなくて、照れちゃって」

「ああ」

赤城の答えに、洞ケ瀬が安心したように息をついた。

「ほんとだ。普通の人って、こういうときわかりやすくていいよね。耳まで真っ赤になってる。ちょっと前まで俺が近づいただけで真っ青になってたのに」

続けざまに「かわいい」と囁かれ、赤城の顔にますます血が上っていく。

「勘弁してください。そんなの言われ慣れてないからガチ照れしちゃうんで！」

「思ったことを言っただけなんだけどな」

洞ケ瀬は気障だ。女性客をあしらうのもうまいし、動画撮影のときだって、カメラに向かって喋るのも恥ずかしがったりしない。だからこんなふうに赤城に対してさらりと言ってのけるのも、きっと彼にとっては朝飯前なのだ。

「からかわないでくださいってば」

「からかってるつもりはないんだけど。……でも、よかった。俺が触れても嫌じゃないみたいで」

嫌だとは、思わなかった。今も身体がつきそうなほど近距離で話しているが、もう洞ケ瀬の一挙手一投足にびくびくしたりしない。身体の緊張が、不思議なほどになくなっていた。

「慣れた、のかもしれません」

次郎丸をかわいいと思うようになったように、洞ケ瀬にも慣れた。

これだけ毎日のように会っていて、メールや電話で交流を深めていたのだから、むしろ遅いくらいだ。

だが本当にそれだけか？

その疑問が浮かんだと同時に、一瞬走馬灯のように大量の記憶が赤城の脳内を巡った。

そして赤城は、久しぶりに会ったときの菅原の言葉を思い出した。

――そんなの当たり前だろ。次郎丸はそもそもお前を襲ってない。

――お前ってさ、狸が怖いとか、思ったことある？

――でも狸って、どっかの国じゃ犬の分類らしいぜ。

――つまり、そういうことなんだよ。お前の犬嫌いって。

何度かの逢瀬《おうせ》で、赤城は次郎丸に怯えなくなっていた。ただ慣れたと思っていただが、きっとそれだけではなかった。

「――……ああ、なんだ、そんな簡単なことだったのか」

狸を犬だと認識するかどうか。それはこちらが勝手に決めたカテゴリーに過ぎない。そしてそれは、赤城が犬だと認識しているものすべてにも当てはまるのだ。

つまりは、次郎丸が「犬」という大雑把なカテゴリーから抜け出して、〝次郎丸〟として個別に認識され、赤城の脳が彼女を怖がらなくなった、ということなのだろう。

犬ではなく、次郎丸。

犬ではなく、洞ケ瀬猛。

犬嫌いの克服方法は、気づけば単純なシステムだった。

赤城に必要だったのは、先入観を超えて個と付き合おうとする姿勢だったのだ。大学生の頃、次郎丸と初めて会ったときは、菅原のこともあって、彼女とまともに向き合おうとしなかった。犬だからという理由で跳ねつけ、逃げた。彼女は赤城を襲ったあの犬とは何の関係もなかったのに。

洞ケ瀬も赤城にとって犬ではなく、そしてただの人間でもなく、〝猛さん〟だ。

不意打ちで現れればさすがにまだ身体はびくついてしまうだろうが、彼を彼と認識さえすれば、きっともう赤城の心はゆっくりと警戒を解いて溶けていく。

「どういうこと？」

洞ケ瀬が不審がるのも無理はない。

昨日までの赤城は、洞ケ瀬をびくびくと怖がっていたし、赤城の犬嫌いが生半可なものではないことは彼も知っている。出会って四ヶ月、多少は慣れてきたと言っても、昨日の今日でぱたりと解決するとは、赤城自身も思っていなかった。

「犬嫌いは治ってませんよ」と赤城は苦笑して答えた。でも、と続ける。「猛さんは犬じゃありませんし」

犬ではなく、洞ケ瀬猛。

意識に根付いた認識を、赤城は心の中でもう一度なぞるようにつぶやいた。

「見た目は犬だぞ」

洞ケ瀬が口を中途半端に開き、舌をだらりと垂らしながらハッハッと短く呼吸を繰り返した。まるで本物の犬のようだ。

赤城は顔をしかめてむっとした。

「試しているつもりでしょうけど、僕、本当にもう猛さんは平気みたいなんです」

「本当に？」

「今日気づいちゃったんですよね。僕の裁量ひとつで、狸っていう生き物は犬にでも狸にでもなるんだって」

赤城が険しさをほどいて笑うと、洞ケ瀬は「何それ」と首を傾げた。わからないのも当然だろう。今まで暗かった目の前が急に拓《ひら》かれたようなこの晴れやかな気持ちは、きっと赤城本人にしかわからない。

「とりあえず休憩にしましょう。説明は昼食を食べながら」

急いで在庫補充を済ませ、洞ケ瀬と休憩室に入る。事情を早く聞きたそうな彼を横目に、彼が差し入れてくれたコーラを口に流し込むと、しゅわしゅわと爽やかな泡が喉を滑っていき、そのおいしさに赤城はどうしてか泣きそうになった。この解放感は、就職が決まったときや大学の卒論を書き終えたときよりも遥《はる》かに強く、赤城の心を揺さぶった。

「それで、俺が怖くなくなった理由は？」

テーブルに弁当を広げてから、洞ケ瀬が訊ねた。赤城は約束どおり、順を追って話すことにした。

赤城が話しているあいだ、洞ケ瀬は向かいでじっと耳を傾けていた。

犬嫌いを克服するために、昔の知り合いに協力してもらい、何度かパグの次郎丸を触りに行っていたこと。その知人が、狸は犬に分類されることもあると言ったこと。赤城は狸を怖がっていないこと。それが自分の犬嫌いを克服する方法だとも言ったこと。

そしてついさっき、その答えがわかったということ。

「つまり寿近くんの認知ひとつで、俺は狸にもなれるってわけか」

洞ケ瀬は頭の回転が速く、赤城が正解を言う前に答えを導き出してそう言った。

「はい。大雑把に言ってしまえば、猛さんは今、僕の中では狸なんです。……いや、狸っていうのも失礼か。猛さんは猛さん。僕の中で今日ようやく個別に登録された人っていう感じです。だから、大丈夫になったんだと思います」

「つまり、もういくら君に触れても問題ない？」

上目遣いで、洞ケ瀬が訊いた。先ほど頭に触れられたときのことを思い出し、治まってきていた熱がぶり返しそうになった。だが、答えはイエスだ。恥ずかしいからと断ってしまったら、それこそ証明にならない。

「多分ですけど、大丈夫かと。もう一度触ってみますか？」

しかし洞ケ瀬は、一瞬虚を突かれた顔になり、それからはっと笑うように息を吐くと、ゆるゆると首を横に振った。

「いや、今はいいよ」

「そうですか」

洞ケ瀬がようやく箸を動かしはじめ、赤城もそれに倣《なら》う。

「……動画の再生数、どうですか」

今日の昼に予約投稿すると言っていたから、正午を過ぎた今はもう動画が上がっているはずだ。赤城が訊くと、洞ケ瀬はスマートフォンを取り出してページを開いた。

「もう百回くらい見られてる」

コメントもついているらしく、ほら、と画面を向けられ、赤城が身を乗り出した拍子に、ペットボトルが倒れた。蓋が緩んでいたらしく、飲み口からとくとくとコーラが溢れ出し、「あっ」と叫んだときには、洞ケ瀬の太腿をしとどに濡らしていた。

高そうなスラックスに染みができてしまう、と赤城は慌てて立ち上がると、ポケットからハンカチを取り出して、彼の太腿に押し当てた。

「……っ」

びくりと洞ケ瀬の身体が跳ねた。

「あっ、すみません」

咄嗟のこととは言え、いきなり人の身体に触れたことに、赤城は謝った。しかし洞ケ瀬は驚いた顔を徐々に笑みに変え、言った。

「ほんとに大丈夫そうだね」

何が、と口に出そうとして、その前に洞ケ瀬が赤城のその手を握った。ひらり、とハンカチが手から離れ、床の上に落下する。

手の甲に、慣れないやわらかくて冷たい感触。人の手とは少し違うそれに、赤城の思考はしばしのあいだ停止した。

洞ケ瀬がまた自分に触れている。今度は明確な意思を持って。

——きっとこれは、僕を試している。

そう気づいて顔を上げると、こちらを見つめる黒い瞳と目が合って、赤城は「ほら、大丈夫でしょ」と笑って見せた。洞ケ瀬は赤城が怖がってびくつくのを期待していたのだろうが、傍にいる相手が洞ケ瀬だとわかっているなら、多少驚きはするものの、赤城はもう怖がらない。

「猛さんの手、冷たいですね」

急に動いたせいか、赤城の手のひらは通常よりも熱くなっていた。より洞ケ瀬のひんやりした手の感触が伝わってくる。犬型だから、手のひらも肉球のようなつくりになっているのだろうか、と次郎丸の肉球を思い出して比較する。が、次郎丸のほうが硬く、弾力もあった気がする。

「触れるようになっただけ、か」

「はい？」

怖がる以上に、もっと違う反応を期待していたのか、洞ケ瀬が残念そうにため息をついた。しかし赤城からすれば、これ以上どう反応すればいいのかわからなかった。

「いや、こっちの話」

社長かわいい～だって、とコメントを読み上げて、洞ケ瀬はスマートフォンを赤城に手渡し、立ち上がった。

「着替えてくるよ。寿近くんは質問コメントに返信しながらご飯食べてて。すぐ戻るから」

「本当にすみません。クリーニング代払いますから」

「コーラなんて水で洗えば落ちるから、気にしないで」

「でも」

赤城がなおも食い下がると、ぴっと洞ケ瀬の人差し指が赤城の唇に押し当てられた。触れられ慣れない箇所への接触に、赤城は目を丸くした。またも少女漫画めいた振る舞いに、ぐぐっとむず痒さが腹の中から湧き上がる。

「寿近くんだって、もし俺が君の服を汚したとしても、お金なんてせびらないだろ」

そう言われてしまえば、何も言い返せない。赤城はこれ以上詫びるのを諦めて、頷いた。

「本当に猛さんには敵《かな》いませんね」

「君より三つも年上だからね」

ははっと笑いながら奥へと消えていくのを見送って、熱くなった頬に手うちわで風を送りながら、彼に言われたとおりコメントを確認することにする。

社長かわいい、ロードバイク股間強打はあるある、ここの旅館ほんとにいいとこだったよ、などなど。前回の動画同様、コメントは比較的好意的なものばかりだ。だが中には差別的なものも含まれていて、赤城はむっとしながらそのコメントを違反報告した。

――獣人使って商売なんて、ラクでいいよな。

――犬がやってる旅館なんて泊まりたくない。温泉も毛まみれなんだろうなあ。

今回は特にひどい書き込みだった。おそらくこのコメントを、洞ケ瀬も見ただろう。今までのコメントだってそうだ。だが洞ケ瀬は一度も不平不満を口にしたことがない。赤城が代わりに怒ったこともあったが、「俺が注意したところで変わるわけじゃないから」と本人は笑っていた。

「そういう人はね、その人自身が認めてる人からの注意じゃないと、聞く耳さえ持たないから。……あ、言っとくけど、理解されるのを諦めてるとかそういう寂しいことじゃなくて、実体験をフル活用した護身術みたいなものだから。そんなのいちいち相手してたら疲れるでしょ、俺が。無駄なことに時間使いたくないんだよ」

それを聞いたとき、赤城は少しだけ洞ケ瀬のことがわかった気がした。彼がこんなにも穏やかで落ち着いているのは、その考えの境地に至るまでに、いろんな思いをしてきたからだろう。最初はもがいて、すべての人に理解されようと奔走して、そしてやがてどうしても相容《あいい》れない人間がいることを知ってしまう。そういう人たちに時間を割くことがどれだけしんどいか、洞ケ瀬は「獣化症」を通じて嫌になるくらい学んだのだ。

その感覚は、少し理解できる。でもまだ赤城は、すべての人に理解されたいと願ってしまう。いつか理解されるのではという甘い期待を手離せずにいる。だから洞ケ瀬に対する悪質なコメントに、どうしても腹が立ってしまうのだ。それと同時に、少し前までの自分にも、同じように腹が立つ。

差別めいたコメントをすべて報告し、書き込んだアカウントもすべてブロックし終わった頃、洞ケ瀬がスラックスを着替えて戻ってきた。

「おかえりなさい」と赤城が言うと、声に不機嫌さが含まれていたようで、洞ケ瀬は苦笑いで赤城の向かいに座り直した。

「怒ってばかりいたら眉間のしわ取れなくなっちゃうよ」

何かあったのかと訊ねられ、赤城は逡巡《しゅんじゅん》して、口を開いた。

「いや、ここに悪質なコメント書いてるやつのこと、僕は注意する資格ないなって」

いくら言葉で正論を吐いていても、赤城の今までの洞ケ瀬に対する態度はここに書かれたどのコメントよりもひどいものだった。

洞ケ瀬は犬ではないと言いつつ、犬として見て彼を恐れていたのだから。

「猛さん、今まで本当にごめんなさい」

自分のダメさ加減が、本当に嫌になる。

「謝らないでよ」

洞ケ瀬が何でもないように食事を再開し、赤城が返したスマートフォンを弄りながら言った。

「寿近くんは謝るけど、受け手の俺がなんとも思ってないんだからさ。それに、別に怖がられてもよかったんだよ、俺は」

「そんな、」

いいわけがない。親しい人にいつまでもびくつかれたら不快になるに決まっている。赤城がこぶしを胸の前で握ると、それをちらりと見た洞ケ瀬が、やれやれ、といったふうにため息をついた。

しつこく言いすぎて面倒くさく思われただろうかと不安になって彼を見遣ると、視線は思いがけず洞ケ瀬のやさしい眼差しとぶつかった。黒目がちの瞳が細められ、きらきらと光を弾く。

「あのね、寿近くん。犬のことは怖いままでいいんだよ。俺に会うたび驚いてもいい。だって、それでも俺が君のことを嫌いにならなかったのには理由があるんだ」

「理由？」

「うん。犬嫌いなのに、俺は犬じゃないって最初から口に出して無理に構いに来てくれてたでしょ。嫌いなら嫌いで近寄らなきゃいいのに、それを自分自身に許せない不器用でまっすぐな子なんだなって思った」

「それは当然のことで、」と言いかけた赤城を遮って、洞ケ瀬が続ける。

「それに、……本当に謝らなきゃいけないのは俺のほうなんだ」

「謝るって、何を……」

いくら探したって、洞ケ瀬が謝らなければいけない理由などない。赤城が怪訝な表情を浮かべると、洞ケ瀬は長い鼻の先をさすりながら苦笑した。

「最初はね、その虚勢がどこまで持つんだろうって、からかい半分だったんだよね。君がここへ来るたびに脅かして、びくびくするのが楽しかった。もちろん、底意地の悪い気持ちで。すぐに会社に泣きついて担当を変えるようにお願いするだろうって思ってた」

そんな意図があったのか。確かに会ったばかりの頃は、洞ケ瀬はしょっちゅう気配を消して赤城に近づいては驚かせていた。だが、彼なりに赤城の犬嫌いの克服を手伝ってくれているものだと思っていた。

少しだけ、ショックだ。赤城の目には、洞ケ瀬はただただやさしい人に映っていたから。

赤城が傷ついたのがわかったのか、洞ケ瀬は「ごめんね」と小さな声でつぶやいた。それから一度深呼吸をして、「でも」と続ける。

「怖がらせても怖がらせても、君は会社に泣きついたりしなかった。一緒にいるうちにだんだん笑顔も見せてくれるようになって、本当に俺と仲良くしようとしてくれてるんだって気づいて、今まで意地悪してきた自分が恥ずかしくなって、いつの間にか、俺はただ単純に寿近くんと会えるのが楽しみになってた」

「そう、なんですか」

　熱の籠った言葉に、赤城のショックはすぐに上書きされていく。嬉しい、と素直に思う。

　ほんの少しでも間違えば、もしかしたら洞ケ瀬は赤城を見限っていたかもしれない。赤城だけでなく、洞ケ瀬もはじめは赤城をよく思っていなかったという事実は衝撃的だったが、それでも今こうしてふたりは顔を見合わせて本音で喋れる仲になったのだ。これを喜ばずして何を喜ぶというのだ。

「それにね、自分では気づいてないかもしれないけど、寿近くん、犬がどうとか狸がどうとかそういう理屈抜きで、最近では俺だってわかったらすぐに笑顔になってくれてたから、俺、むしろ自分は寿近くんの特別なんだって気がしてたくらいなんだよね」

　だから、と洞ケ瀬が、今度はまっすぐに赤城に手を伸ばす。だがその手は赤城には触れず、テーブルの上で宙に浮いたまま止まった。

「俺は信じてたよ。近いうちに寿近くんが俺に触れられる日が来るって。寿近くんがトラウマを乗り越えて俺を俺として見てくれるって」

　赤城が努力していたことを、彼はすでに認めてくれていた。自分以上に赤城を信じてくれていた。

「猛さん……」

　赤城は差し出された手に、自分の手を重ねた。これが、洞ケ瀬との初めての握手だ。今までこんな簡単なこともできなかったなんて。

　彼の手の甲に回った親指の腹に、ふさふさとした毛が当たる。人間にはありえない毛の感触に、だがこれが洞ケ瀬なのだと赤城はあえて強く意識する。

「改めて、これからもよろしく」

「こちらこそ、よろしくお願いします」

ぎゅっと力を入れられ、手のひら同士が密着する。赤城の体温が洞ケ瀬にじんわりと伝わり、ふたりの温度が均一になっていく。

「照れくさいですね。こういうやり取り、学生の頃だってしたことがありませんでした」

ケンカのあとの仲直りのような、あるいは夕日に向かって友情を確かめ合うような。

「俺だってないよ」

ふっと笑って、洞ケ瀬が肩の力を抜いた。そこで初めて、洞ケ瀬が緊張していたことを赤城は知った。彼と友人になれて本当によかったと、その顔を見て赤城は思った。


その翌日、約束どおり仕事を終えて洞ケ瀬旅館へ赴くと、洞ケ瀬はTシャツにハーフパンツというラフな格好で現れた。

「寿近くん」と嬉しそうに尻尾を振る姿を見て、赤城はふっと微笑んで頭を下げた。

「さっきぶりです。遅くなってすみません」

汚れてもいい格好で、と言われたので、会社でTシャツとジーンズに着替えてきていた。しかし赤城の格好を見るなり、洞ケ瀬の白いマロ眉が、ぐっと中央に寄せられた。

「なんで猫柄なの？」

「え？」

どうやらＴシャツにでかでかとプリントされたファンキーなキジトラ猫のことを言っているらしい。

「それは僕が猫派だからで……」

素直に答えると、「聞きたくなかった」と洞ケ瀬がショックを受けたように耳を伏せた。

「じゃあ今度は猛さんの顔がプリントされたＴシャツでも作りましょうか」

冗談で赤城が言うと、拒否されると思ったのに、彼は真面目な顔で顎に手を当て、何事か考えはじめた。

「それもありかもしれない、いや、でもさすがに……」

「あの、冗談ですからね」

赤城が苦笑して思考に割り込むと、洞ケ瀬は「ダメか」と半ば本気の声色で言った。赤城が猫派なのがそんなに気に入らないのだろうか。

「じゃあ、あの猛さんが描いた微妙な似顔絵のＴシャツとかどうですか。いっそのことグッズ化しちゃうとか」

確かＳＮＳでも評判はよかった。赤城はあまりかわいいとは思わなかったが、案外ああいうのがウケるのかもしれない。

「微妙な？」

赤城の評価が気に食わなかったようで、洞ケ瀬がじとっとした目で睨《にら》んでくる。

「素晴らしい似顔絵」と言い直し、それがおかしくて、ふはっと笑うと、洞ケ瀬も噴き出した。

「さすがにあれをそのままグッズ化は無理だろうから、あれをベースにデザイナーさんに頼んでみるのもありかもね」

「本気なら手配しますけど」

「グッズがほしいって人もちらほらいるけど、まあ、あと一万人増えたらね」

洞ケ瀬の動画配信チャンネルの登録者数は、ここ最近急激に増えている。昨日の動画をアップしてからも、一気に五千人ほど増え、その分コメントも荒れてはいた。だが相変わらず洞ケ瀬は気に留めていないようで、赤城の前では話題にも出さない。

「じゃあ、行こうか」

竹灯籠作りは近くの公民館の裏手で行われるらしい。スマートフォンとジンバルを持って、赤城は洞ケ瀬のあとをついていく。

歩いて二分もしないうちに目的地に着き、そこにはすでに十人ほどの男たちが集まっていた。年代は若く見積もっても三十代といったところだろうか。

「こんばんはー」

中には土産物屋の跡継ぎだったり他の旅館の従業員だったりと見知った顔もあって、赤城はぺこりと頭を下げた。

「よお、猛」

洞ケ瀬の姿を見て、彼らがぱっと手を上げて親しそうに挨拶してきた。思ったよりは友好的で、赤城は密かに息をついた。以前洞ケ瀬が爪弾《つまはじ》きにされているようなことを言っていたから不安だったのだ。中にはちらちらとこちらを窺う視線もなくはないが、あからさまに眉をひそめている人間はいなそうだった。

「高村《たかむら》さん、こんばんは。もう竹は切っちゃいましたか」

その中のひとり、浅黒く日焼けした背の高い男に、洞ケ瀬が近寄っていく。どうやら彼が青年団の長のようだ。

洞ケ瀬は身長が一九〇センチ近くあるが、高村もそれに負けていない。袖はまくり上げられ、そこから見える筋肉はボディビルダーを連想させた。

「ああ、切り出しは終わってるから、あとは各々模様を彫るだけだぜ」

そんな屈強で大柄なふたりに囲まれれば、平均身長は超えているはずの赤城ですらかなり小さく見える。圧迫感に屈せず「こんばんは」と挨拶すると、高村は人好きのする顔で笑ってみせた。

「あんたが赤城くんか。猛から聞いてるよ。今日は動画の撮影するんだって？」

「あ、はい。赤城寿近です。なるべく邪魔にならないように気をつけますので。よろしくお願いします」

「時間があったら赤城くんも竹灯籠作ってみるといいよ。案外簡単だから。材料も余るほどあるしな。

失敗しても問題ない」

　がはは、と大きな笑い声とともに、ばしんっと背中を叩かれ、赤城は思わずぐえっと呻《うめ》いた。

「お、お手柔らかに……」

　ふらついた赤城を見て、周りの男たちも笑いだす。

「ところで、猛は竹灯籠作るの初めてだったよな？」

「子どもの頃、父が作るのは見たことがありますけど、自分では作ったことはないですね」

「手順わかるか？」

「なんとなく。デザインを紙に描き起こして、その紙を竹に巻いて固定しておいて、ドリルで紙ごと竹に穴を開けていく――って感じでしたよね。それで筒の中に蠟燭《ろうそく》を点《とも》したら穴から光が漏れるっていう」

「そうそう。わかってるなら問題ないな。もしわかんないことがあったらいつでも訊いてくれ」

「はい。ありがとうございます」

　すでに他の人たちは作業を始めていて、デザイン画を丁寧に紙に描く人もいればデザインを描き起こさずに直接竹にドリルで穴を開けていく人もいた。

「寿近くん、俺たちはあっちでやろうか」

　洞ケ瀬が広場の隅を指差し、机に用意された紙とペンを持って移動する。赤城はジンバルにスマートフォンをセットし、録画ボタンを押してついて行った。そして平らなコンクリートの上に道具を並べたあと、いつものように洞ケ瀬はパンッと手を叩いた。これが撮影用の大げさな仕草と口調に切り替えるときの彼なりのスイッチだ。

「はい、皆様こんばんは！　洞ケ瀬旅館のタケル社長です。今日はですね、何をするかといいますと、こちら！　私の住んでいる三易村の夏まつりで主役を飾る竹灯籠を作っていきたいと思います！　こんなのとか……、こんなのですね」

赤城の構えるカメラに向かって加工前の青竹を振ったあと、両手を順番に左右に広げて見せる。これはあとで編集により竹灯籠の見本画像を貼りつけるための動作だ。打ち合わせしなくとも、もう洞ケ瀬の考えていることは手に取るようにわかる。あとで誰かの竹灯籠の写真を撮らせてもらえないか交渉しなくては。

ひととおり竹灯籠の説明を終えたところで、いったんカットして録画を止めると、いつの間にか赤城の後ろに見物人の山が出来上がっていた。皆作業を止めて集まってきたようだ。

「こうして見ると、本物のタケル社長だな」

「例のチャンネルの動画かあ。昨日のロードバイクのやつ面白かった。うちの子どもがすっかりファンになってるよ」

「洞ケ瀬くん、俺も見てるよ。チャンネル登録した」

口々に感想を言われ、洞ケ瀬自身も驚いたようだ。ちらちらと窺うような視線は、こういう意味だったのかと合点がいく。皆、洞ケ瀬に話しかけたかったのだ。

「ありがとうございます。皆さん見てくれてるんですね」

ぶんぶんと尻尾が振られ、嬉しそうなのが伝わってくる。それは当然だ。当初の目的が動画配信で仲間を増やすことだったのだから。

「それにしても、撮影助手がまさかナガセ製菓のとこの営業さんだったとはなあ。ふたり知り合いだったんだ？」

土産物屋の跡取りが訊き、赤城の代わりに洞ケ瀬が頷いた。

「四月からの付き合いですけどね。俺がこっちに帰ってきてから仲良くなったんですよ。村全体で何か盛り上がることがしたかったんですけど、役場も旅館組合も腰が重くて、説得しても聞いてもらえなくて困ってたんです。そんなときに寿近くんに、もう個人で動画配信して宣伝したらいいのにって言われて、ふたりで始めたっていう経緯で」

「なるほどな」

洞ケ瀬の説明に、どこからともなくため息が洩れ聞こえてくる。

「確かに、じいさま方は頑固だから、何か新しいことを始めたいって言っても全然乗り気じゃないんだよな」

「俺もこの前、企業コラボ募集してるアニメのキャンペーンに応募して、推しキャラとコラボした商品作りたいって言ったらバカ言うなって猛反対された……」

そう零したのは和菓子屋の三代目だ。

「役場も補助金とか出してくれたらいいんだけどな。予算組んでくれればいいのに、議員どもも年寄りの味方して、やれ高齢者バスの無料チケットだなんだって、そっちばっかりに金使ってさ」

それからしばらく、若者（と呼べるかは別として）たちの上世代への不満や愚痴が飛び交い、赤城はそれを聞きながら少しだけほっとしていた。こっそり洞ケ瀬のＴシャツの裾を引っ張って、耳打ちする。

「よかったですね。ここにいる人たちはみんな三易村の再興に積極的な人たちばかりみたいで」

「うん。言いたくても言えなかったみたいだね」

洞ケ瀬が屈んで赤城の耳元に鼻先を寄せて囁いた。くすっという笑い声が耳朶《じだ》に当たり、赤城はびくりと身をすくめた。

「あれ？　まだ怖い？」

「いえ、これはそうじゃなくて……」

言い訳しようとして、洞ケ瀬の息のせいだと言ったら、何か変な勘違いをされるのでは、と途中で口を噤んだ。

「そうじゃないなら何？」

「……くすぐったかったんです」

苦し紛れに赤城が言って咳払いすると、今度は明確な意思をもって、ふっと洞ケ瀬が耳に息を吹きかけてきた。

「ん……っ」

思わず変な声が出てしまい、ばっと自分の耳を手で塞ぐ。きっとにやにやした顔で見下ろしているに違いないと思い、赤城は文句を言おうと顔を上げる。

「ちょっと、猛さ……」

だが予想外に、洞ケ瀬は気まずそうに口をすぼめて赤城とは反対の方向に首を向けていた。ぴくぴくと耳が忙しなく動いていて、何かあったのかと周りを見渡してみるが、特に変わったことはなさそうだった。

「猛さん？」

不思議に思って声をかけると、「続き撮っちゃおうか」と洞ケ瀬はデザインすべく真っ白な紙に向き直った。赤城は洞ケ瀬の手元が映るようにカメラを構え直して、録画ボタンを押し再び撮影を始めることにした。

結局、青年団の皆とも打ち解けて、動画への友情出演までしてくれることになった。皆自分の作った竹灯籠を自慢しはじめ、最後にはコンテスト形式で作品の美醜を争うことになり、投票の結果、高村の竹灯籠が最優秀賞に選ばれた。

気づけば日も暮れていて、せっかくだから試しに火を点《つ》けてみるかと、公民館にあった蠟燭で急遽《きゅうきょ》点灯式が行われることとなり、夕闇の中、高村と洞ケ瀬の竹灯籠に灯りが点された。

竹筒に開けた穴から、暖かいオレンジ色の光が漏れる。高村の竹灯籠は細かな穴で青海波《せいがいは》が描かれていて、洞ケ瀬のは自己主張の強い犬の模様だ。

「寿近くんも作ればよかったのに」

ぼんやりと照らされる洞ケ瀬の輪郭を映していると、彼が残念そうに言った。だが、赤城は別に作れなくてもよかった。細かい作業は苦手だし、何よりカメラを構えているほうが楽しかった。こちらに向かって洞ケ瀬が楽しそうに笑うから、赤城にまで楽しさが伝わってくるし、だからそれで十分なのだ。

「僕は不器用だし、撮影のほうが向いてますから。それにしても、みんなノリノリでカメラの前に来るから、撮れ高多くて助かりました」

「ほんと？　楽しみだなあ」

カメラを止め、やわらかく揺れる火を眺めながらぼそぼそと会話をしていると、ふいに高村が割り込んできて、「なあ」と洞ケ瀬に話しかけた。

「どうしたんですか？」

「ちゃんと言ってなかったけど、お前が帰ってきてくれて、みんな喜んでる。お前の同級生はどんどん都会に出ていって、ほとんど村には残ってない。だから帰ってきてくれて、しかも村のために動いてくれて、感謝してる」

真面目な顔でそう言って、高村は洞ケ瀬の肩を親しみを込めて抱いた。それを隣で見て、赤城はぴりっとした痛みが胸に走るのを感じた。

——いけない。

痛みの原因を脳が悟ってしまわないように、胸をどんっと強く叩く。この場面で痛みなど、赤城は感じてはいけない。

「いえ、こちらこそ、受け入れてもらえて嬉しかったです」

洞ケ瀬が赤城に向けるようなやさしい笑みを、高村にも向けた。目尻が下がり、黒目が竹灯籠の火をきらきらと反射する。

嫌だ、と今度ははっきりとした感情で、胸が痛んだ。

何が嫌かなんて、考えなくても気づいてしまう。

高村がさらに洞ケ瀬を引き寄せて、がしがしと乱暴に頭を撫でた。

「じいさま方はうるさいかもしれないけど、ここにいるみんなはお前の味方だ。何かあったらいつでも協力する。だから遠慮なく言ってくれよな」

「ありがとうございます」

ゆら、と洞ケ瀬の尻尾が揺れた。それをこれ以上見たくなくて、赤城は咄嗟に彼の尻尾を掴んで止めた。

「うわっ、なに」

洞ケ瀬が驚いて、後ろを振り向く。その拍子に高村が腕を解いて、洞ケ瀬から離れた。赤城はほっとしたあと、自分がしたことに気づいて唇を噛みしめた。

「寿近くん？」

「邪魔してごめんなさい。虫がついてたんで」

高村にもぺこりと頭を下げると、彼は笑ったまま赤城の肩を叩いた。

「よかったら赤城くんも夏まつりに来いよ。せっかくだし、竹灯籠がずらっと並んでるのも撮影したほうがいいだろ」

「いいんですか？」

「おう」

撮影許可だけでなく、「もしじいさま方に何か言われたら、俺の名前を出したらいい」と後押しまでしてくれて、赤城は申し訳なくなった。

「ありがとう、ございます」

純粋に自分たちに協力してくれようとしている人に、無意味な負の感情を向けてしまった。

そしてその原因にも、気づきたくないのにとうとう気づいてしまった。

「寿近くん？」

いつの間にか俯いていた赤城に、洞ケ瀬が声をかける。顔を上げると、心配そうに眉をひそめた彼と視線が絡み合った。背中に手を添えられ、その感触に、心臓がありえないほどに高鳴った。

――もういくら君に触れても問題ない？

昨日洞ケ瀬が言った言葉がふいに耳に甦った。

あのときは、自分は少女漫画めいた気障な接触に照れただけかと思っていた。だが、違ったのだ。

恥ずかしさの原因。

赤城にとって洞ケ瀬が犬でなくなれば、彼はただの人間で、ひとりの男なのだ。しかもゲイをカミングアウトしていて、ともすれば赤城が恋愛対象になりうる。

そして赤城も同じく、同性を愛せる人間だった。少し前までは洞ケ瀬の外見がネックで、好きになるはずがないと思っていたのに、それが今、雷のような轟《とどろ》きとともに、崩れ去ろうとしている。

次郎丸のときもそうだった。最初はかわいいとは思わなかったのに、最後にはかわいくて仕方がなかった。あのじわじわと胸から湧く愛しさを、赤城は今、洞ケ瀬相手にも感じている。いや、次郎丸のときには感じなかった強烈な感情も、だ。

それは単なる友情と呼ぶには激しく、愛情と呼ぶにも醜すぎた。

――僕、猛さんのこと好きになりかけてる。

そう意識した途端、ぶわりと体温が上がっていく。頭を撫でられたときより強く、無意識から顕在へと、洞ケ瀬への〝ときめき〟が、赤城のつま先から頭のてっぺんまで、隅々へと行きわたる。

「なんでもないです。喉渇いたなって」

堰《せき》を切ったように溢れ出た感情に収拾がつけられなくて、赤城はへらっとごまかして笑った。さりげなく身体を離し、ぐっと伸びをする。

「飲み物もらってこようか」と洞ケ瀬が言ったのに、ふるふると首を振る。

「あとは帰るだけですし、我慢できます」

すると、「えっ、帰っちゃうの」と誰かが驚いた声を上げた。

「片付け終わったら公民館で飲み会だよ。洞ケ瀬くんから聞いてない？」

聞いていない、と洞ケ瀬を見上げると、ははと彼は鼻を掻いて笑った。知っていたけれどあえて黙っていた、というところか。

「でも、俺は三易村の人間じゃないんで」

「そんなの関係ないって」

「そうそう」

その場にいる皆が、おいで、と口々に赤城を誘う。洞ケ瀬も頷いて、お願いするように、ぱんっと両手を合わせた。

「寿近くん明日休みでしょ？　うちに泊まっていけばいいしさ、参加しようよ」

泊まり、という単語にどきっとしたが、洞ケ瀬には下心などあるはずもない。青年団との仲を深めるためにも参加したほうがいいのはわかっているが、自分の感情に整理がついていない状態で、これ以上洞ケ瀬の傍にいるのはしんどいかもしれない、と赤城は迷った。

だが――、

「俺、結構人見知りだから、寿近くんがいてくれると助かるんだけど」

絶対嘘だ、とわかりつつ、そんなふうに言われてしまったら断れない。

「……わかりました。温泉入らせてくださいよ」

「もちろんだよ。朝食もつけよう」

赤城が承諾すると、にこにこと洞ケ瀬は機嫌よく尻尾を振った。

片付けを終え、皆の作った竹灯籠を公民館の物置に収納し、一階の広間に集まる。並べられたローテーブルの上には瓶ビールと袋入りの安いつまみと、それから誰が持ってきたのか、手作りらしくラップに巻かれたおにぎりが大量に用意されていた。いかにも田舎の会合といった具合で、赤城は少し懐かしくなる。まだ小学生の頃、父親に連れられて大人たちの飲み会に参加していたのだが、それとまったく同じノリだ。

「それでは、三易村夏まつりの成功を祈念して」

高村が音頭を取り、皆が「乾杯！」と一斉にグラスを打ち鳴らす。赤城も隣の洞ケ瀬と乾杯し、それから突き出されたグラスに次々と自分のグラスをぶつけていった。

地元の人間関係や最近できたショッピングモールの話に始まり、わいわいと会話と酔いが進んでいくと、やがて話題は再び洞ケ瀬の動画配信のことになった。

「なあなあ、猛くんの活動に旅館の連中が反対してるって本当？」

誰かが訊くのを、赤城は複雑な思いで見守った。

宮田が反対しているのは知っていたが、他の従業員たちがどうかは訊いていなかった。洞ケ瀬とは毎日のように会っているし、夜も通話しているはずなのに、肝心なところで自分は踏み込めていなかったのだなと、赤城は少し後悔した。洞ケ瀬について、まだまだ知らないことが多すぎる。

「半分当たって半分外れです」

洞ケ瀬が答えた。

「半分は賛成してるってこと？」

「いや、はじめはほとんど無関心で一部反対ってところでした。でも、最近はだんだん「社長、次は何をやるんですか？」って訊いてきてくれる人が増えて」

洞ケ瀬の努力が報われている。保守派だった従業員とも打ち解けはじめたようで、赤城も自分事のように嬉しく思う。

だが、本音を言えば、少しだけ寂しい。

洞ケ瀬の理解者が増えるのはいいことなのに、自分だけが彼の理解者でありたいという傲慢な思いが、赤城の中で薄暗く揺らめいていた。そのネガティヴさを振り払うように、赤城はグラスに残っていたビールを一気に呷った。それを見て、向かいの高村が「いい飲みっぷりだな」とすかさず次を注いでくる。

「この前なんて、俺のやることに意見も文句も言ってこなかった母が、動画面白かった、なんて珍しく褒めてくれて」

少し酔っているのか、洞ケ瀬が空になったグラスにふがふがと鼻先を埋めた。その姿を見せるのも、自分だけがよかった。むっとして、赤城はグラスを持った洞ケ瀬の手を引く。

「なに？」

「空になってるので」

手近にあったビール瓶を手繰り寄せ、洞ケ瀬のグラスになみなみとビールを注いだ。

「ありがとう」と礼を言われるが、赤城の心中は複雑だった。

芽生えはじめた気持ちに、気づかなければよかった。気づかなければ、きっとこの場も楽しめた。

「猛にばっかり任せてないで、俺らも三易村のために何かやらないといけないんじゃないか？」

高村が言う。それに、「確かにな」と数名が追従して、それから「夏まつり以外に何かイベントをやったらいいんじゃないか」と誰かが言った。

「それこそ、洞ケ瀬くんがロードバイクに乗ってたけど、サイクリングコースにもなるんじゃないか、うちの山道は」

「じゃあロードレースをやるとか？　もしくはイベントじゃなくて日常的にサイクリングできるようにコースを作るとか……」

「自転車の貸出しをやれば滝まで車がなくても行けるぞ」

「商工会にも掛け合って、アクティビティのパンフレットを作ったらどうだ？」

洞ケ瀬とふたりで相談しているときより、次々と案が出てくる。

いつの間にか酔っていたのが嘘のように議論は白熱し、洞ケ瀬を中心に、青年団のメンバーで三易村再興のためのチームが組まれることになった。

「よく考えれば青年団って本来そういうものだしな」

「山と川くらいで、他に何もないとこだって諦めてたけど、猛のおかげで結構いろいろ魅力もあるよなって気づけたよ」

「こうやって企画を考えたりするのって、学園祭を思い出すなあ」

皆嫌な顔ひとつせず協力的で、この村もまだまだ捨てたものではないと赤城はほっと息をついた。

洞ケ瀬も同じ思いだったらしく、感慨深げに目を細めている。

年寄りは動かなくても、若者にはまだまだ志がある。ここにいる十数人だけでなく、もっと多くの若者たちが賛同すれば、それは大きな流れとなって村を変えるだろう。

大変なことも増えるだろうが、できることなら赤城も洞ケ瀬とともにこの村が変わるのを見てみたいと思う。

「動画配信、がんばらなきゃな」

青年団に属していない自分がやれるのは、洞ケ瀬の動画を手伝うことくらいだ。赤城がぽつりとひとり言《ご》ちたのを、洞ケ瀬の耳が拾った。

「寿近くんのおかげだ」

ビールもほとんど底をつき、つまみもほぼ壊滅状態の中、洞ケ瀬がもぐもぐと残ったおにぎりを咀《そ》嚼《しゃく》しながら礼を言った。

犬のように毛むくじゃらの手。その指が器用におにぎりを口に運ぶのをじっと眺めていると、赤城もほしがっていると思われたのか、洞ケ瀬がおにぎりを差し出した。

「ありがとうございます」

それを受け取って、かぶりつく。中には梅干しが入っていた。美味《おい》しい、と赤城が言うと、洞ケ瀬は眩しそうにまぶたを弓なりに細めた。

「今日は付き合ってもらってごめんね。疲れたでしょ」

「いえ、楽しいからいいんです。それに知ってるでしょ。僕、暇人なんで」

だが、時刻はとっくに十時を過ぎていて、さすがにもうそろそろ風呂に浸かって布団へ潜りたいというのも正直な気持ちだった。

それが顔に出ていたのだろう。洞ケ瀬は指についていた米粒をぺろりと舐《な》めとって、立ち上がった。

「そろそろ温泉に浸かりに帰ろうか」

尻尾を一振りして、赤城を促す。ハーフパンツから覗く洞ケ瀬の筋肉に、赤城は目を奪われそうになり、慌てて視線を逸らした。

何度も言うようだが、洞ケ瀬の容姿は獣化症患者のそれで、人間よりも犬に程近い。それなのに赤城が彼にどきりとするのは、洞ケ瀬が人間であることを十分に理解しているからだ。彼を人間としてきちんと認識している自分を嬉しく思う半面、彼に対してそういう目を向けはじめていることに戸惑う。

「今日はたまたま離れが空いていてね。そこに個室の露天風呂があるんだ。せっかくだからそこに泊まっていって」

「いいんですか？　そんな高そうなところ」

別れを惜しむ青年団に暇を告げて、公民館をあとにする。

洞ケ瀬旅館の裏口に帰り着き、壁と見紛《みまが》う彼の巨体の後ろについて板張りの廊下を進んでいくと、有形文化財に指定されているという太鼓橋に差しかかる。外から見たほうが橋の装飾の巧妙さがわかるのだろうが、通った限りではただの橋だった。

だが、太鼓橋とは打って変わって、初めて入った離れは、素人の赤城ですらため息をつくくらいの風格と気品に溢れる造りになっていた。

「わあ……、これは、すごいとしか言いようがないですね」

まず目についたのが、傘の骨組みのように中心から外へと広がる南天の木で造られた傘天井だ。そして次に、立派な桜の木でできた床柱、さらに床の間には著名人の掛け軸が飾られていた。

それらを柔らかな和紙製のランプが、ほんのり暖かく照らしている。

「ガラスもね、手作りなんだよ。ほら、よく見ると波打ってるでしょう？」

洞ケ瀬に言われ、仕切り戸のガラスに顔を近づけると、彼の言うとおり、わずかに波打ったそれが独特の味を醸し出していた。

感心しきりで口を開けていると、洞ケ瀬が赤城を見て笑った。

「そして、露天風呂はこっち」

　部屋の奥の戸が開けられ、そこに周りを竹林で囲まれた、天然石の露天風呂が現れた。ざっと縦横五メートルはありそうな、大きな湯船だ。

「広いですね！」

　この温泉が貸し切りだなんて、贅沢《ぜいたく》すぎる。泊まるとしたら本来数万円はかかりそうだ。

　縁側まで行って空を見上げると、遮るものもなく、星空がよく見えた。

「雨上がりの晴れの日は、空気が澄んでいて星空がとてもきれいなんだ。寿近くんに見てもらいたかったから、今日ここに連れて来られてよかったよ」

　洞ケ瀬が隣に並んで、そんなこと言う。赤城はただ、「はい」としか返せなかった。

「入ろうか」

　洞ケ瀬が言い、えっと驚く間もなく、彼がTシャツを脱ぎはじめた。何のためらいもなく、彼は裸体を赤城の前に晒《さら》した。

「まさか、猛さんも一緒に入るんですか？」

「最初からそのつもりだったけど。言ってなかったっけ」

「聞いてませんよ」

　滝のときに一度上半身は見ているが、下半身を見ることになるとは想像もしていなかったため、赤城の目に動揺が走った。

部屋から漏れる灯りと、冴《さ》え冴《ざ》えとした月明かりが、彼のシルエットを浮かび上がらせる。

「寿近くん？　もしかして俺がゲイだから、一緒に入るの嫌だとか？」

洞ケ瀬がいつまでも突っ立ったままの赤城を振り返った。赤城は動揺を隠そうとして、下を向いて服に手をかけた。

「いえ、それは別に。でも誰かと温泉なんて久しぶりで、なんだかちょっと恥ずかしいです」

「襲ったりしないから安心してよ」

「わかってますよ」

むしろ、気のない洞ケ瀬よりも、彼を意識しはじめている赤城のほうに問題がある。そんなことを言えば彼はすぐにでもこの場から立ち去るだろう。

Tシャツを脱ぐと、初めて赤城の身体が洞ケ瀬の前に晒される。がっしりとした洞ケ瀬の身体と比べてしまうと、そこそこ筋肉がついているはずの自分の身体でさえ薄っぺらく感じてしまう。

下着も脱いで全裸になると、隠すのもおかしい気がして、赤城はそのまま無邪気を装って先に湯の温度を確かめていた洞ケ瀬の傍へ近寄った。そして彼の真似をして、そうっと指先を湯に浸ける。

「結構熱いですね」

「ああ。慣れると平気だから」

湯の熱さのせいなのか、全裸を晒しているせいなのか、はたまた酒のせいなのか、赤城の心臓は動悸を速めた。

ちらりと横目で洞ケ瀬を見ると、ちょうど湯桶《ゆおけ》を取ろうとしているところで、極力視界に入れないようにと気をつけていたのに、自然と赤城の目は無防備な彼の身体に吸い寄せられた。

洞ケ瀬の胸の毛は、胸板を強調する飾りのように白く、その下の腹直筋部分で黒に切り替わっている。そしてそのさらに下、へそのある辺りでまた白くなっていた。その白は、彼の内腿から足先まで続いている。中心部ははっきりとは見えず、赤城はそれを残念に思う思考を止めることができなかった。赤城だって健全な男だ。他人の身体が気になるのは仕方のないことだ。それも、気になっている人相手だとなおさら。

ぱしゃん、と洞ケ瀬の体毛に湯がかかる。毛が湯を弾き、玉のような水分のきらめきが彼の身体をさらに神秘的に見せた。

何度か湯を浴びるうちに体毛がしんなり濡れて、洞ケ瀬が軽く身体を震わせると、熱さを失った湯が赤城にかかった。

「あ、ごめんね。かかった？」

立ち上がった洞ケ瀬が振り返って、目が合った。その視線が下がり、自分の身体を見ているように思えて、赤城は顔を赤らめた。

「大丈夫です。あ、猛さん、お先にどうぞ。僕、先にシャンプーしてから入りますね」

カランを回し、シャワーを浴びる。すると、「これ」と背後から洞ケ瀬の声がした。振り向くと、ほんの十センチほどの距離に彼の鼻先があった。びくっと身体をすくませ、赤城はシャワーの湯が入った振りで目を閉じた。ふ、と洞ケ瀬が笑った気配がした。

「前の会社で作ったシャンプー。サラサラになるから、使ってみて」

「はい」

目を開けられないまま赤城は頷いた。洞ケ瀬は赤城の裸の肩を二度やさしく叩き、湯船のほうへ向かった。触れられた肩が、じわじわと熱くなる。彼は赤城の裸を見て、何を思ったのだろう。笑われたことで、元々あまりなかった自信がさらに失われていく。

勧められたシャンプーを手に取り髪に乗せると、いつもの洞ケ瀬の匂いに包まれた。

「いい匂いですね」

無言でいると、余計に彼の存在を意識しそうで、赤城はシャンプーを泡立てながら彼に声をかけた。

「でしょう？　俺も気に入ってる」

「いつも猛さんいい匂いがするから、気になってたんですよね」

「気に入ったのならプレゼントするよ」

「いえ、自分で買いますよ」

「遠慮しなくていいのに」

シャンプーとトリートメントを済ませ、身体を洗ったあと、赤城もいよいよ湯に入る。足先を浸け、ゆっくりと身体を熱さに慣らしていく。視線を感じて、洞ケ瀬のほうを見ると、彼はじっと赤城の様子を窺っていた。

「ちょっと、そんなに見ないでくださいよ。恥ずかしいじゃないですか」

半笑いで抗議すると、洞ケ瀬の尻尾が湯を掻いた。

「寿近くんだって、見てたでしょう？」

どきりとした。見つめていたことがばれていたとは。

「それは……」

「まあ、俺の身体は珍しいからね。獣人の全裸なんて、初めて見るだろうし」

「そう、ですね」

「普通の人とはつくりが違うから、大抵の人は興味津々で見てくるよ。だから大丈夫。慣れてる」

ははっと一笑し、彼はぱしゃんと顔を洗った。そのままずるずると姿勢を崩し、顔以外をすっぽりと湯船に沈ませた。気持ちいいのか、くふう、と気の抜けた鼻息が漏れ聞こえた。

「獣化症だから、というのももちろんありますけど、猛さんは背も高くてムキムキだから、みんな気になるんですよ、きっと」

「大柄なのは認めるけど、筋肉は言うほどないよ。ほら」

ゆっくりと、湯の中から洞ケ瀬の左手が赤城の前に差し出された。毛に覆われていて、見ただけでは真偽がわからない。ほら、ともう一度促され、触っていいのかどうか迷い、結局赤城は手を伸ばしてそれに触れた。毛と皮膚の下に、男らしい硬い筋肉があった。

「やっぱり、筋肉あるじゃないですか」

「そう？　普通の男の筋肉がどれほどのものか知らなくて」

「あ、じゃあ僕の触ります？」

彼に触れて湧き上がった恥ずかしさを堪えようとして、つい口が滑った。洞ケ瀬にしてみれば、ただの友人間のスキンシップかもしれないが、赤城にとっては友情以外にも、彼に対する下心とか邪念とか、そういう複雑で卑猥《ひわい》なものが絡まっている。

それに、よくよく考えてみれば、誰かに裸を見せるなんて、菅原として以来縁がなかった。そして菅原を思い出して、ついでに彼が洞ケ瀬とのことを疑っていたことまで思い出してしまった。途端にさらに大きな羞恥の波が赤城を襲った。

やっぱりやめよう。こんな気持ちのまま彼に触れられたら、変な気を起こしてしまうかもしれない。だが、断ろうとする前に、「じゃあ」と洞ケ瀬が手を伸ばして赤城に触れた。確かめるようにゆっくりと肌を撫でられ、赤城は息を詰めた。きゅ、と下腹が痛くなった。

「ほんとだ。寿近くん、あんまり筋肉ないね」

苦笑され、赤城はいたたまれなくなって洞ケ瀬と同じように顔以外のすべてを湯に沈めた。反応しそうになった下半身が、ひどく情けなかった。

見上げれば、星々がきれいに輝いている。ちゃぷん、と湯の動く音がして、洞ケ瀬が移動したのがわかった。赤城はしばらく空に視点を合わせたまま、じっとする羽目になった。

数日後に開催された夏まつりは、三易村の人にとっては夏の終わりを意味している。浴衣を着た人たちがまだ日も落ちていない頃からわらわらと集まってきて、その盛況っぷりに赤城は驚いた。

「三易村ってこんなに人いたんですね」

赤城が三易村担当になって五ヶ月が経とうとしていたが、道行く人はいつもひとりふたりで、車もあまり通っておらず、過疎化が相当進んでいる印象があった。だが、十代二十代の若者もそこそこいるようで、あちらこちらからはしゃいだ声が聞こえてくる。

「まあ、村の外の人も来たりするからね」

竹灯籠を神社の階段に並べながら、洞ケ瀬が答えた。高村たち青年団も、屋台の設置や来客者の誘導を手伝っていて、忙しそうに動き回っている。赤城はというと、邪魔にならないように人波を避《よ》けながら、その様子をスマートフォンのカメラに収めていた。

「そう言えば、温泉パスポートの話、前にしたじゃん」

すべてを並べ終えたあと、ふいに洞ケ瀬が言い、赤城はいったん録画を停止した。

「ああ、洞ケ瀬旅館だけじゃなく、三易村の他の旅館の温泉も入り放題っていう？」

「そう。そのことなんだけど、青年団に翠星館《すいせいかん》の息子さんがいてね。彼に話したら面白そうだって話になって、旅館組合に掛け合ってみるって言ってくれたんだ」

翠星館というのは、洞ケ瀬旅館よりも老舗で、温泉の種類が豊富なことで有名な旅館だ。組合でも力を持っているらしく、そんな翠星館が協力してくれるというなら、洞ケ瀬の案が実現する日もそう遠くないだろう。

「よかったですね」

少しずつだが、確実に洞ケ瀬が思い描いていた道が拓けていっている。

「うん。……でも、やっぱり俺がネックになって反対されることも覚悟しておかないと」

はあ、と小さくため息をついて、洞ケ瀬が言った。

「組合のご老人方は未だに獣化症だからとかそんなバカらしい理由で猛さんを邪険にしてるんですか？」

「そろそろ人間扱いくらいしてほしいんだけど」

以前は、こんな弱音を赤城には見せなかった。洞ケ瀬が苦しんでいるのにこんなことを思うのはいけないとわかっているが、赤城はそれが嬉しかった。

「年を取ると思考の更新ってなかなか難しいですもんね」

「寿近くんは若いうちでよかったよ」

「すみませんってば」

からかうように言う洞ケ瀬と顔を見合わせ笑おうとして、だが赤城は照れくさくなって途中で下を向いた。

一緒に温泉に入って裸を見てから、洞ケ瀬への気持ちが日に日に膨らんでいっていた。顔は犬だが、赤城は彼の笑顔が気に入っている。力の抜けるような、飾らない表情には、裏も、ましてや敵意もない。

もし、と赤城は彼の顔を盗み見ながら思った。

初めて会った獣化症患者が洞ケ瀬ではなかったら、犬嫌いにかこつけて獣化症患者自体を遠ざけていたかもしれない。彼らに近づくこともせず、遠巻きに見ながら、見た目が犬なのだから仕方がないと、忌避の原因を彼らに押しつけていたかもしれない。

だから、洞ケ瀬でよかった。彼に会えてよかった。

しかし、だからこそ不思議に思うのだ。恐怖さえ超えて自分に安堵をもたらしてくれる彼を、犬嫌いでもないだろう人間たちが、こぞって否定するその理由を。

それがただ単に、獣化症に対する差別心から来ているのなら、救いようがない。自分と異なるものを受け入れようとしない狭量さは、時に自分をも苦しめることになる。

赤城はそれを苦い後悔として学んだ。菅原と次郎丸のことだ。菅原と別れたことは仕方がないと思っているが、次郎丸を言い訳にしたことについては申し訳なく思う。まあそれも、洞ケ瀬に出会ったからこそ思い返して後悔しているあたり調子がいいと言えば否定はできない。

「あ、そうだ。もうひとつ言い忘れてた」

パチンッと指を鳴らして、洞ケ瀬が言った。

「他に何か進展が？」

「うん。今朝のことだったんだけど、動画配信について雑誌の取材の申込みが入ったんだよね」

洞ケ瀬が口にした雑誌名は、赤城もよく知るものだった。毎月発行される、県内のおすすめの店やスポットを紹介する地域密着型ローカル誌だ。ナガセ製菓もスポンサーになっていて、でかでかと広告を載せている。

「へえ。すごいじゃないですか。三易村を宣伝してるからですか？」

てっきり地元のために奮闘する若者特集かと思って訊いてみると、しかし洞ケ瀬ははいともいいえともつかない曖昧な頷き方をして、鼻先を掻いた。

「それもあるんだろうけど、獣化症の人がチャンネルをやってるのが珍しいからってのが一番の理由っぽいね。その苦労を乗り越えて、がんばってるって感じに……」

「それは」と赤城は少し勢いづいて、洞ケ瀬の言葉を遮るように言った。「猛さんを見世物にするってことですか？」

いくら旅館のためと言っても、それは獣化症患者への差別になるだろう。

しかし、「寿近くんは怒ると思うけど」と洞ケ瀬は答えた。「でも、それで宣伝になるならそれでもいいと俺は思ってるんだ。せっかく珍しい獣化症患者がいるのに、使わない手はないと思う」

当の本人は、獣化症だからと見世物になるのを、さして気にしていないようだった。

「なんで」と赤城がつぶやいたのを洞ケ瀬が拾って、「ごめんね」と申し訳なさそうに謝った。

「獣化症だからって、旅館組合に爪弾きにされるのはダメで、自分から獣化症を売りにするのはいいんですか」

言ってから、嫌な言い方をした、と赤城は後悔した。だが、慌てて唇を嚙んでも、一度出てしまったものはもう取り返しがつかない。

表情を硬くした赤城を見て、洞ケ瀬は苦笑して赤城の肩に手を置いた。

そしてほんの一瞬、迷うように耳を伏せ、しかしそれでも彼はすぐ次の瞬間には決意し、耳をピンと立ててきっぱりと言った。

「俺は旅館のためなら獣化症だってことを売りにしてもいいと思う。寿近くんの気遣いは嬉しいけど、獣化症っていう特性をそんなふうに閉じ込められたら、却って触れてはいけないものだって言われてるみたいに感じる」

言い終わって、もう一度「ごめんね」と洞ケ瀬が謝った。

赤城は彼の言葉が深く胸の奥を刺したのがわかった。顔からすうっと血の気が引く感覚がした。

「僕はそんなつもりじゃ……」

「わかってる。ちゃんとわかってるよ。寿近くんは心配してくれてるだけだって」

心配？　と赤城は首を傾げた。

――僕は本当に彼を心配して止めたのだろうか。

赤城をあやすように柔和に細められた瞳を見つめて、いや、と赤城は自分自身を否定した。

自分は心配して止めたのではない。獣化症患者の周りの人間が、獣化症という病気をわざとひけらかして、他と違うと主張することは差別だと思ったのだ。そして赤城は自分が差別を受け入れるような人間になりたくなかった。だから止めた。洞ケ瀬がどう思うかではなく、自分がどう受け止めたかに重きを置いていた。そしてきっと洞ケ瀬も心の奥では嫌がっていると、自分と同じ考えなのだと思いたがっていた。

だから彼に、まるで赤城のほうが彼を差別しているように言われたとき、傷ついた。善意の意識が、逆に彼の重石《おもし》になっていたとは、考えもしなかった。

「すみません」

赤城は放心したまま謝罪した。

「寿近くん」

洞ケ瀬が気まずそうに名前を呼んだ。

「別に、寿近くんを責めてるわけじゃないから。俺のことを考えてくれるのは本当に嬉しい。でも、俺にとってこの姿はただの個性なんだよ。だから、変に獣化症のことで構えないでほしいんだ」

そろっと不安そうに洞ケ瀬の尻尾が揺れる。

「きつい言い方してごめん。だけど、寿近くんには言っておきたくてね」

彼はそう言って、大きな手で自分の鼻先を押さえた。

「はい」と赤城は頷いて、肩に乗った洞ケ瀬の手をぽんぽんと叩いた。しん、と真面目な話に沈んだ

空気を先に割ったのは、洞ケ瀬のほうだった。

「まあまあ、そういうことだから、取材が来たときは協力してね、写真とか」

「はい。もちろんです」

無理やり笑顔をつくってみるものの、赤城に刺さった棘《とげ》はじくじくと痛みをもたらし続けた。

やがて夜の帳《とばり》が下り、竹灯籠に火が点され、幻想的な風景が目の前に広がる。

「きれいだね」

「はい」

しかしその日は結局、抜けない棘のせいで、せっかくの夏まつりもどことなく楽しめないままだった。


次の日、落ち込んだ気分のまま出勤すると、先に来ていた鈴枝が赤城の顔を見るなり、訝しがるように表情を歪めた。

「赤城、どうした。お前の険しい吊り目がさらに険しいことになってるぞ」

いつもなら「先輩、うるさい」と反撃するところだが、コンプレックスの目つきの悪さを刺激されても、心が麻痺したように動かない。洞ケ瀬に言われたことのほうが余程堪《こた》えた。

ため息だけで返事をした赤城に、鈴枝はますます顔を歪めて、今度は心配そうに赤城の隣の椅子に腰を下ろした。

「話せよ。洞ケ瀬関連か？」

赤城は声もなく頷いた。

「なんだ。また社長にビビってとうとう怒らせたか」

赤城は丸めていた背中を少しだけ伸ばして、声を上げた。

「いえ、僕がうまく立ち回れなくて」

洞ケ瀬を旅館組合の老人が邪険にしていること、動画配信の手伝いをしていること、雑誌の取材が入ること、そして洞ケ瀬に言われた言葉について。

すべてを話し終えると、鈴枝は聞えよがしに、はあ、とため息をついた。

「赤城は気にしすぎだな。耳が痛いと思うけど、俺も洞ケ瀬社長に賛成だ」

「やっぱり、僕は猛さんを差別しているってことなんでしょうか」

赤城が言うと、鈴枝は鼻にしわを寄せて唸《うな》った。

「一概には言えないけど、赤城が獣化症のことを意識しすぎて、そのせいで余計に獣化症であることを浮き彫りにしてるっつーか、獣化症だから守ってあげましょう、やさしくしてあげましょう、みたいな偽善的な感じに見えるっつーか」

「僕はそんなこと思ってません」

「言う側が思ってなくても受け取る側はそう思うって話だろ」

鈴枝の言い分に、赤城は口を噤んだ。それを鈴枝は赤城がおとなしく耳を傾ける態度だと思ったらしい。営業のコツを聞かせるときのように、彼は机に片肘をつき、もう片方の手でコツコツと机の表面を叩いた。

「前から俺も言おうと思ってたし、この際言っとくけど、お前、俺が洞ケ瀬社長を犬扱いしたとき、怒ってただろ。ああいう態度、空気壊すからやめろ」

「でも」と赤城は眉間にしわを寄せた。「僕は猛さんを犬扱いしたくありません」

「だから、そういうのだって」と呆れたように鈴枝が言った。「犬扱いしたくないって言ってる時点で犬だと思ってるんだよ、お前は」

「思ってません。思ってたら、僕は猛さんに近づけません」

「まあ、そうなんだけど。でも俺が言いたいのはそういうことじゃなくて」

じゃあ一体何なんだ。要領を得ない鈴枝の説明に、赤城は思いっきり顔をしかめた。鈴枝は言葉を整理しようとして、目を閉じた。赤城たち以外はそれなりに忙しく動き回っている気配がするが、赤城と鈴枝のふたりの間には、若干張り詰めた空気が漂っている。

しばらくして、鈴枝が目を開けた。そして言う。

「たとえばだけど、お前もハゲちらかしてる友だちがいたら頭触らせてって言うだろ？」

唐突な例えに、赤城は目を眇めて首を振った。

「言いませんよ」

触ってみたいと思っていても、実際に口にしたりはしない。洞ケ瀬のことだって、本当は尻尾に触れてみたいが、失礼だから言わない。

「だったらそれは俺とお前の良識の差だ。俺は言う」

「そんな横暴な」

鼻で笑うと、鈴枝は可哀相なものを見る目で赤城を見た。

「あのなあ、赤城。言葉自体には何の意味もないんだよ」

「どういう意味です？」

言葉に意味がないとは、一体どういうことだ。さっぱり意図が摑めなくて、赤城は首を捻った。謎かけか何かか、と頭を働かせようとしたところで、鈴枝が答えを示すように問い掛けた。

「たとえば、俺がお前にバカって言ったとするだろ？　どう思う？」

「むかつきます」

「本気で？」

「時と場合によりますね」

鈴枝の態度や、赤城の気分にもよるだろう。鈴枝が本当に僕をバカだと侮辱して言ったのなら、赤城だって本気で怒る。

「じゃあ、俺じゃなくて、大して仲がいいわけでもない他人に言われたら？」

「もちろんむかつきます」

「そういうことだよ」

「鈴枝さんと、他の人の違い？」

「そう。俺はお前をよく知ってる。お前も俺をよく知ってる。ふたりの間にあるのは何だと思う？」

適当な言葉が思いつかず黙り込んでいると、鈴枝は少し笑って言った。

「信頼だよ」

「信頼ですか」

「過ごしてきた時間と言い換えてもいい。言葉を交わし合って、その奥にある真意を読み取れるようになって、そこでようやく軽口が叩けるようになるだろ？　俺と同級生だった獣人の露崎には、一緒に過ごした時間があって、信頼がある」

なるほど。ようやく鈴枝の言いたいことが見えてきた。

お互いに、決して侮蔑したりしない。それがわかっているからこそ、ひどい言葉でいじられても、受け流す。そこに悪意がなければ、信頼し合った人たちの間には、何の亀裂も生じない。

赤城と洞ケ瀬には、まだそれがないのだろう。こんなことを言えば洞ケ瀬が傷つくのでは、と顔色を窺ってばかりいる。まだまだ赤城たちは、不安定な関係だった。同時に、安定するには時間が必要だろうということも、理解した。

赤城は少し照れくさそうに頭を掻いている鈴枝に言った。

「でも、僕にはやっぱり無理ですね。彼を犬みたいにネタにするのは」

いくら仲良くなろうと、多分赤城は彼に対してそういう扱いをすることに馴染《なじ》めないだろう。赤城はそういうふうに育ってきた。その根っこの部分を今さら変えることなどできるはずがない。

「赤城はいい子だなあ」

堅苦しい、と言われているようで、複雑な気分になる。

「そんなんじゃありませんよ」

拗ねた声を出すと、鈴枝が赤城を認めるように頷いた。

「でも、そういうのもありだと思うぞ。言いたくなければ言わなきゃいい。ネタにしないからって、信頼がないわけじゃないだろ。お前と洞ケ瀬社長の関係は、ふたりで決めるものだ」

ふたりの関係は、ふたりが決める。ふたりですり合わせて、答えを見つけていく。

申し訳なさそうに鼻先を掻いていた洞ケ瀬を思い出す。彼はあのとき、赤城の意見を否定してはっきりと自分の意見を言ったことで、赤城との関係が壊れたのではと心配していた。でもあれは、今後赤城ときちんと付き合っていきたいと彼が願ったからこそ出た言葉だった。自分のことをわかってほしい。だから、あえて踏み込んで言った。それは彼の善意だった。赤城は、彼の善意を善意として受け取りたい。

「はい」

赤城が真剣に頷くと、鈴枝が噴き出した。

「なんか、道徳の時間みたいだな。思春期真っ只中《ただなか》の中学生かよ」

「せっかく真面目な話をしてたのに、台無しじゃないですか」

「真面目なのは似合わないんだよ、俺は」

いつの間にか、漂っていた緊張感は霧散していた。

今日、洞ケ瀬旅館に顔を出したとき、洞ケ瀬と話をしようと赤城は思った。


気まずいまま別れた昨日のことを思うと、いつもうきうきと足を踏み入れていた裏口の戸が重たく感じる。

「こんにちはー、ナガセ製菓でーす！」

伝票を手に深呼吸して中に入ると、「いらっしゃい」と出迎えたのは洞ケ瀬本人だった。彼のいきなりの登場に、赤城は固まった。

「寿近くん？　もしかして怖がらせちゃった？」

大きな上背を屈めて、彼は赤城の顔を覗き込んだ。その拍子に、ふわっとフローラルな香りが漂ってきて、赤城は思わず、すんっと鼻を鳴らしたあと、温泉での出来事を思い出して赤面した。

「どうかした？」と洞ケ瀬は身体を離し、自分の体臭を気にするように手首を嗅いだ。

「あ、いえ。お邪魔します。怖いんじゃなくて、驚いただけで……あと、やっぱりいい匂いがするなって思って。猛さんが働いてたっていう会社のシャンプーの匂いですよね」

「ああ、さっきお風呂に入ってたから」

「こんな時間に？」

「掃除のついでにね」

「ああ」

入浴時間外に旅館のスタッフが掃除するとは聞いていたが、まさか社長自らやっているとは思っていなかった。

「いいですね、ひとり占めできて」

赤城がごまかすように言うと、洞ケ瀬は困ったように頬を掻いた。

「本当はダメなんだけどね。今日はたまたま。泊まり客も少ないし、肩凝りもひどかったから、女将に許可をもらって」

「そうだったんですか。まあ、昨日はおまつりで大変でしたもんね」

昨日、という単語に、赤城と洞ケ瀬の間にぴんと張り詰めた空気が流れた。だが、洞ケ瀬はそれをまるごと包むようにやさしい声を出した。

「昨日はごめんね」

「謝らないでください。僕も浅慮でした。猛さんと仲良くなりたいと思ってるので、最初はショックでしたけど、あとで冷静になって考えてみれば、ああしてきちんと言ってもらえたってことは、少しは僕のことを信頼してくれてたのかなって」

ぱた、と洞ケ瀬の巻き尾が静かに揺れた。そしてその揺れ幅がだんだんと大きくなり、力強く左右に振られはじめた。その勢いで、花の香りが辺り一面に広がっていく。

そして洞ケ瀬は赤城の手を取って両手でぎゅっと握り込んだ。赤城の身体はびくりと震えた。だがそれは、彼が犬の姿をしているからではなかった。

真剣な目で見下ろされ、赤城の耳がじわっと熱を持った。恥ずかしいのに、手を振りほどけない。しばらく見つめたあと、洞ケ瀬が口を開きかけた。だが、彼が言葉を紡ぐより前に、「チカ？」と聞き覚えのある声が赤城を呼んだ。声のしたほうに目を向けると、菅原が立っていた。

「え……？　光重？」

赤城が菅原の名前を口にすると、洞ケ瀬がぱっと手を離した。よかったとも、名残惜しいとも思った。手を離した洞ケ瀬は、その手を長い鼻梁《びりょう》に乗せて、ぺこりと菅原に一礼した。それから赤城に小声で聞いた。

「知り合い？」

はい、と頷いて、「大学の先輩です」と赤城は付け足した。

「昨日言ってたローカル誌の取材、菅原さんが担当なんだ」

「え？」

菅原と洞ケ瀬を交互に見遣り、雑誌と菅原の関係性を考察した。だがそれでも理解できず、赤城は詳しい説明を促すように首を傾げた。菅原は薄く笑いながら赤城たちのほうへ歩いてきた。

「チカには言ってなかったっけ。俺の仕事、記者兼編集なんだよ」

ほら、と菅原が名刺をぞんざいに差し出した。赤城はそれを受け取って、しげしげと書かれている文字を見つめた。肩書きは副編集長となっている。

「出世したね」

「出世なもんか。肩書きだけだよ」

肩をすくめて、菅原が微妙な顔をした。嫌味だと取られたのかもしれない。赤城は話題を探すように目を泳がせた。

「次郎丸、元気？」

そして言ってから、しまったと思った。隣には洞ケ瀬がいる。洞ケ瀬には菅原のことを話していたから、きっともうわかっているのだろう。

「ちょっと失礼」と菅原は洞ケ瀬に断って、赤城の肩を抱いて彼に背を向けた。

「あれが例の嫉妬深い彼氏だろ？」

動画見て気づいたけど、と囁くように言われ、赤城は菅原の身体を押し返して顔をしかめた。

「だから、違うって言っただろ。何でもかんでもそういう方向に持っていこうとするなよ。それに取材だって、気づいたからわざと申し込んだだろ」

問い詰めると、菅原は表情に険を乗せて言った。

「取材は編集長の意向だよ。それにしてもお前、今自分がどんな顔してるかわかってる？」

「え？」

咄嗟に顔に手を遣るが、それだけでわかるはずもなく、赤城はぎゅっと唇を引き結び、下を向いた。

「次郎丸は元気だよ」

菅原が赤城から身を引き、洞ケ瀬にも聞こえるように大きめの声で言った。ぴくりと洞ケ瀬の耳が動く。

「次郎丸？」

「ああ、私の飼っているパグのことです。この前久しぶりに彼が連絡してきたと思ったら、犬嫌いを克服したいから次郎丸で慣れさせろって」

「おい、光重」

「ああ、悪い。お前が犬嫌いってのは秘密だったか？」

しれっと言い放ち、菅原は悪気もなく微笑した。

「いえ、知ってますよ」

それに答えたのは洞ケ瀬だった。菅原の笑顔に合わせるようにぐっと口角を上げ、牙を見せて笑うと、今度は赤城に向き直って言った。

「本人から聞いてますし。寿近くん、俺のためにがんばってくれてたんだよね」

おそらく、昨日までの赤城なら、「違います」と答えていただろう。次郎丸と洞ケ瀬を同列に並べるようなその行為を、真っ先に否定していただろう。だが、赤城は彼から教わった。

犬に似た見た目も含めて彼だ。

「はい」と赤城は目尻を下げた。

パタパタと尻尾を揺らし、洞ケ瀬は満足げに頷いた。菅原は、一瞬真顔に戻り、それから苦笑した。

「完全に蚊帳《かや》の外だ」

「ああ、すみません。そう言えば、雑誌の刊行日は……」

「そうですか。来月号の特集に載りますので、また原稿が仕上がったら確認に伺います」

「こちらこそ、ありがとうございました。今日はわざわざご足労ありがとうございました」

菅原が洞ケ瀬に一礼し、それから赤城をちらりと見た。ためらうようにいったん視線を床に投げ、息を吸うと彼は言った。

「チカ、また次郎丸に会いに来いよ」

「しばらく忙しいから、時間ができたら」と赤城は遠回しに断った。

「そうか」と彼は赤城の返事がわかっていたようにあっさりと引き下がった。

「都合のいい男、か」

冗談めかして彼が言い、赤城はそれに「ごめん」と謝ることしかできなかった。

自分は本当にひどいやつだ。でもだからと言って、菅原のためにも彼のアパートに入り浸るわけにはいかない。もちろん、自分のためにもだ。気になる人がいるのに元彼と会うなんて、赤城に許せるはずもなかった。

菅原が帰ってから、洞ケ瀬とふたりで土産物コーナーへ向かう。その途中、洞ケ瀬が遠慮がちに訊いた。

「菅原さんとは、その、ずいぶん仲が良さそうに見えたけど。彼、この前家に行ってたっていう例のゲイの人だよね」

「同じゼミだったから、かわいがってもらってたんです。犬を飼ってる知り合い、菅原さんしかいなかったんで」

「先輩にしては口の利き方がラフだったね、おい、とか」

年上を敬えない粗雑なやつだと思われたのだろうか、と不安になって赤城が洞ケ瀬を窺うと、しかし彼は軽蔑しているというよりは、拗ねているようで（その証拠に下顎が少し突き出されていた）、赤城はおやっと首を捻った。そして拗ねた原因について考えようとした矢先、

「菅原さんのことだけど」

と、洞ケ瀬が言った。彼はくるりと赤城に背を向け、柱に上半身をもたれさせた。耳だけがこちらを向いていた。

「彼が、何です？」

嫌な予感がした。まさか菅原のことが気になるとか言わないだろうな、と打撃のダメージをいなすボクサーのように、赤城はぐっと腹筋に力を入れて息を止めた。何を言われても動揺しないで返すた

めには、必要な動作だった。

「いや、俺のただの勘違いなら聞き流してほしいんだけど」

歯切れの悪い物言いだ。彼はしばらく、あー、とか、うー、とか唸って、それから意を決したように首を捻って顔を赤城に向けた。

「もしかして、菅原さんって寿近くんのこと、好きなのかなって」

はっと腹から空気が抜けた。最悪の質問ではなかったことに赤城は安堵した。

「菅原さんはただの先輩で友人、ですよ」

「ああ、それはわかってる。でも、何ていうか、彼が君を見る目は、その」

「恋愛感情があるように見えましたか」

「うん。なんていうか、そうでなくても、友人以上に親密な感じはした、かな」

鋭いな、と思った。

洞ケ瀬は鋭い。だが、自分のこととなると鈍感だ。

そう思って、赤城は心の端っこのほうがはらはらと崩れていく錯覚に陥った。

――自分のこと？

洞ケ瀬自身のこと。彼自身が、赤城にそういう目で見られていること。

急に視界がクリアになったような、冴えわたるほどの冷静さが、赤城の頭を支配した。それはどうしようもない気づきだった。

はらはらと、覆っていた膜が剝がれていく。ダメだ、と思っても、それは塞ごうとした指の間を通り抜けて、どんどん姿を露《あら》わにしていく。

好きだ、といったん気づいてしまえば、止められなかった。

——ああ、好きなんだ、そうか、やっぱりそうだったのか。

抗《あらが》えないその引力に、赤城は納得するほかなくなってしまった。

赤城の大嫌いな犬の容姿をしているのに、いつの間にか赤城は、彼が、彼のことが、とても好きになっていた。やさしそうに目尻を下げる笑い方とか、感情を隠し切れない尻尾とか、低く穏やかな声とか、花の香りとか、照れると鼻を隠す仕草とか。考えてみれば、好きにならない要素なんてなかったのだ。そんなことがあるはずないと何度も否定して目を背けてきたが、好きだという結論に至ってしまえば、もうどうしようもない。どうしたってごまかしきれない。

結局、菅原が邪推したとおりだった。少なくとも、赤城の矢印は洞ケ瀬に向いていて、きっと菅原はそれを過敏に感じ取ったのだろう。自分は洞ケ瀬のことが好きだった。だから、彼のためにがんばれた。

「確かに、菅原さんは僕のことが好きで、告白もされたことはあります。大学の頃の話ですけどね」

赤城が白状すると、洞ケ瀬は気まずそうに一度目を逸らしてから、今度は顔だけでなく身体もこちらに向けた。

「今も、でしょう?」

先ほどまでの歯切れの悪さと打って変わって、はっきりと確信を持った声色に、赤城は洞ケ瀬がどういうつもりなのかさっぱりわからなくなった。

仮に菅原が今も赤城を好きだとして、洞ケ瀬には何の関係もない。危機感がないと責められないように、彼の前で菅原の誘いを断りもした。それなのにどうしてそんな責めるようなことを言うのだろう。

口うるさい父親か、はたまた嫉妬深い恋人か――という菅原の言葉を思い出し、赤城は唇の裏をそっと噛む。

嫉妬だったらどれだけいいか。恋人になれたらどれだけいいか。だが、そんな望みは持っていいはずがない。洞ケ瀬だって、犬嫌いだった赤城が彼に想いを寄せるなんて考えていないからこそ安心して傍に置いてくれているに違いなかった。

「今も、だとしても、僕は菅原さんとは付き合いませんよ」

きっぱりと強い口調で答えた赤城に、洞ケ瀬は白くて丸い眉をくっと寄せた。

「……君がゲイじゃないから？」

「菅原さんのことを好きじゃないからです。友人としてはそこそこ好きですけど」

「好きじゃないならもっとはっきりした態度を取ったほうがいい。勘違いされるよ」

「勘違いも何も、僕たちの中では終わった話ですし……、さっきから、どうして猛さんは菅原さんのことをそんなに気にするんですか」

自分の願望を否定するために、赤城は訊いた。きっと警告以上の意味はない。

しばらく赤城と洞ケ瀬は無言で、外から聞こえてくる蝉の声だけがふたりの隙間を埋めていた。

「……ごめん。寿近くんの友だちなのに、嫌な言い方をした」

ずいぶん長い間だった気もするし、ほんの一瞬だった気もする。その沈黙を破った洞ケ瀬の声が、ひどく懐かしく感じた。赤城は手持無沙汰にぱらぱらとめくった伝票の薄い匂いを嗅ぎながら、視線を伏せて耳を澄ませた。

質問の答えにはなっていない。赤城がちらりと上目遣いで視線を向けると、洞ケ瀬の尻尾が言い訳のようにぱたぱたと下で揺れた。

「心配だったんだ。どう見ても菅原さんは好意があるように見えたから、もし迫られでもしたら、寿近くんはやさしいから流されちゃうんじゃないかって」

それこそ、余計なお世話だ。洞ケ瀬は知らないが、赤城は大学の頃、一度流されて菅原と付き合っている。だがそれを後悔しているわけではないし、結局それも最後は自分で選んだ道だった。菅原に責任のすべてを押しつけるつもりもないし、むしろそのきっかけがあって自分の本当の姿を知ることができたのだ。

「流されたとしても、選ぶのは僕です」

そして洞ケ瀬には、そんなふうには思ってほしくなかった。自分の意思もなく、相手を愛さないまま付き合うような、そんな人間には、思われたくはない。

「それは、わかってるよ。最後に決めるのは本人だ。でも……、いや、これ以上は同じことの繰り返しになるね。ごめん。今言ったことは全部忘れて」

身を翻し、洞ケ瀬が廊下の奥へと消えていく。赤城は彼を引き留められないまま、ただその背中を見送った。


せっかく仲直りできたと思ったのに、またふりだしに戻ってしまった。

「はあ……」

いつもは洞ケ瀬と一緒に昼食をとっているのに、今日はそんな気分にもなれず、上司に呼び出された振りをして赤城は納品を終えるとすぐに洞ケ瀬旅館を出た。

落ち込んだときは美味しいご飯を食べるのが一番だ。買っておいたサンドイッチとおにぎりは夕食に回すことにして、そう言えば最近新しい店ができていたな、と、道沿いにある小洒落《こじゃれ》たカフェレストランに立ち寄ってみる。

平日だからか、それほど混んではおらず、すぐ席に通された。入り口の反対側は一面がガラス張りになっていて、裏山を借景にのどかな景色が日本画のように広がっている。

観光案内のパンフレットが新しくなるなら、この店も紹介してもいいかもしれない、などと考えていると、「あれ？」と先ほども聞いた声がして、赤城は振り返らないまま大きくため息をついた。

「チカ、なんだよ、さっきぶり」

菅原だ。洞ケ瀬とのいざこざの原因の登場に、心がささくれ立って思わず顔をしかめる。

「光重……。なんでいるんだよ」

ストーカーか？ と訝しんだのが顔に出たのか、菅原は慌てて手を振った。

「違う違う。ここへは取材で来たんだよ。さっきも言っただろ。俺の仕事は記者兼編集」

「ああ、なるほど」

自意識過剰だった、と赤城は謝ろうとしたが、その前に断りもなく菅原が目の前の席に座ったのを見て、口を閉ざした。

「どうせひとりだろ？ 料理ができるまでちょっと相手しろよ」

「……まあいいけど」

すでに店長にインタビューを済ませていて、あとは料理の写真撮影をするだけらしい。赤城がメニューを開いて何にしようか悩んでいると、「これがおススメだって」とポークソテーのランチを指差す。

「地元産の豚ヒレ肉を使った超絶やわらかポークソテーだって。お前とんかつ好きだったから、多分好みだと思うぞ」

「覚えてたんだ」

赤城が言うと、菅原はふっとはにかむように相好を崩して言った。

「当たり前だろ」

その顔を見て、洞ケ瀬が言っていたこともあながち嘘ではないな、と赤城はほんの少し後ろめたさを感じた。

自分はそうではないからと言って、彼もそうだとは限らないということを、赤城はすっかり失念していた。赤城に再会したことで、菅原は少しぐらついている。付き合っていた当時のことを思い出して、交わし合ったあの熱を思い出して、引っ張られすぎているのではないか。

「菅原さん、料理の準備できました」

店長らしき人が菅原を呼びにきて、それから赤城にぺこりとお辞儀する。

「ご注文はお決まりになりましたか？」

訊かれ、赤城は少し迷ってから、スズキのポワレのランチセットを頼むことにした。意外そうな顔をした菅原に、「僕の趣味もここ数年で変わったんだよ」と肩をすくめると、彼はそっと唇を噛んで、顔をしかめた。傷ついた顔だった。

「チカ、撮影終わったらちょっと話がある」

「僕が食べ終わるのに間に合ったらね」

「終わらせるから、待っててほしい」

そして三十分ほどして、赤城が食後のコーヒーを待っているあいだに、菅原は約束どおり撮影を終えてテーブルに戻ってきた。

「帰らなかったんだな」

ほっとしたように菅原が言った。

「コーヒーがまだなんだ」

赤城が返すと、菅原は目の前に座り、重そうな一眼レフカメラとスマートフォンをテーブルの上に置いた。そして腕を組むと、「あー」と無意味な声を出し、下を向く。しかしそれがただの時間稼ぎで無駄なことだと気づいたのか、すぐにぱっと腕を解くと、赤城の目をまっすぐに見つめた。

「今日見て思ったんだけど、お前、犬嫌い克服してるよな」

「次郎丸と、洞ケ瀬社長だけはね」

他の犬は、まだ無理だ。触るのを想像しただけでも、わずかに身体が強張る。

「驚いたよ。見た目がまるっきり犬なのに、あの社長とあんなに親しげにしてるなんて。この前は電話だから平気なのかと思ったけど、実際顔を突き合わせても全然怖がってないし」

「聞いたんじゃないの？　僕、社長の動画編集を手伝ってるんだ。毎日会ってるし、休日にも出掛けて動画撮影したりしてるから、次郎丸のときと同じように社長にも慣れたんだよ」

へえ、と頷きながら、菅原は納得のいかない顔をした。そこでようやく赤城のコーヒーが届いたが、店長が気を遣ってか、菅原の分まで淹れてくれていた。それを飲みながら、話を続ける。

「俺さ、お前の犬嫌いを直すのを引き受けたこと、少しだけ後悔してるんだ」

「なんで？　やっぱり迷惑だった？」

「迷惑とかじゃなくて。……本当はわかってるんだろ」

菅原の後悔の理由。多分それは、赤城が先ほど想像したとおりなのだろう。再会して、恋人同士だった頃のことを思い出して、再び赤城を手に入れたいと思っている。だが、赤城にはまったくその気がないことを理解しているからこその、後悔だ。

「気を持たせるようなことをしたなら謝るよ」

赤城が真面目な顔で言うと、やっぱりな、と菅原が苦笑した。

「じゃあ、やっぱり俺が何言ったって無駄か」

「何を言おうとしてるか知らないけどね」

食後に飲むには苦すぎるコーヒーを口に含み、赤城は窓の外を見た。自分の気持ちや菅原との空気はこんなにも淀《よど》んで張りつめているのに、広がる緑はうららかすぎるほどうららかだ。

「犬嫌いを克服できたのなら、俺とやり直してくれないか」

視線の合わない赤城に向かって、菅原が言った。

「……って、言うつもりだった。昨日までは」

「昨日までは？」

思わず赤城が向き直ると、菅原はため息をついて、椅子にもたれかかり、天井を見上げた。

「だってなあ？　そうだろ。今日のお前の顔見たらさ、もう無理だなって、手遅れだったって、誰でも気づくわ、あんなん」

「僕の顔？」

もしかして、そんなに顔に出ていただろうか。

「その様子じゃ無自覚ってわけじゃないんだな」

訊かれ、ふいに洞ケ瀬を思い出し、赤城の心臓がどくんと高鳴った。動揺に目を泳がせた赤城を見て、菅原が鼻で笑った。

「中学生みたいな初心《うぶ》な反応しやがって」

「別にいいだろ」

「まさかお前が嫌ってた犬に盗《と》られるとは思わなかった」

「犬じゃないし、盗られてもないよ。猛さんが僕を好きってわけでもないのに」

「勝算はあるのか？」

なかったら、どうだと言うのだ。胡乱げな目で菅原を見遣ると、彼は思ったより真面目な顔で赤城を見つめた。

「ダメだったら俺が慰めてやるから。そのときは俺のところに来ればいい」

「そんなずるいことできるわけないだろ」

「そうだったな。チカはそういうやつだよな。まあ、早くお前が失恋して身も心もぼろぼろになるのを願ってるよ」

「最低だな、ほんと。そうなっても光重には連絡しないよ」

コーヒーの最後の一口を飲んで、赤城は席を立つ。伝票を取ろうとして、しかしその前に菅原がそれを奪い取った。

「ここは俺の奢《おご》り」

ちょどそのとき、菅原のスマートフォンに通知が入り、画面が光った。待受け画面には、口を目一杯引き上げて笑っている次郎丸が写っていた。かわいらしいその顔に、赤城は思わず釣られて笑った。

はじめからこんなにかわいく思えていたら、菅原の言うとおりの未来も、もしかしたらありえたのかもしれない。子どもが夫婦の楔《くさび》となるように、次郎丸も自分たちの楔になりえたのかもしれない。

だが、菅原への愛情は数年の間に風化して、どんなに風を起こしても点かない湿気《しけ》た木炭となり果てていた。凪《な》いだ心は、どうしても動かない。

「ありがとう」

それだけで、すべてが伝わった。菅原は一瞬すがるような目で赤城を見た。それを振り切って、赤城は彼に背を向けようとした。

結局、言うべき言葉が見つからなかったのか、じゃあな、と彼は手を振った。

「元気で」

「光重も」

せっかくよさそうな店を見つけたと思ったのに、苦い思い出ができてしまった。この店には当分来ないだろうなと思いつつ、赤城は車に乗り込んで、営業所への道をゆっくりと走り出した。

これからどんな顔をして洞ケ瀬に会えばいいかもわからないまま、しかし仕事を休むわけにもいかず、赤城は憂鬱さを抱えて翌日も三易村へと向かった。

洞ケ瀬からの連絡はなく、また赤城も悩んだ末に結局何も行動を起こせなかったため、それが憂鬱さに拍車をかける結果となった。

「はあ……」

会ったら何を話せばいいのか、昨日のことを謝ればいいのかどうなのか。だが赤城に非があるわけでもなく、会話の糸口も見出《みいだ》せない。

考えているうちに三易村に到着し、赤城は取引先を回っていった。そして最後が洞ケ瀬旅館だ。裏口に入り、車を停めると、深呼吸を繰り返してから扉に手をかける。

不思議なもので、少し前までは、深呼吸は洞ケ瀬を怖がらないためのおまじないだった。それが今は、違う意味を持っている。

洞ケ瀬に自分の気持ちがばれないように、嫌われないように。

もし、仮に赤城の恋愛感情が洞ケ瀬にばれたとしたら、そして彼に申し訳なさそうな顔をされたらと思うと、相手もゲイだからといってそうやすやすとは踏み込めない。人間誰しも好みがあって、赤城が洞ケ瀬の好みとは真逆の可能性も十分ありえるのだ。そんな男に迫られても、迷惑以外の何ものでもない。そもそも洞ケ瀬と恋愛話などしたことがなく、彼に恋人や好きな人がいる可能性だってある。

「そのへんは男女でも変わらないよな……すごいよな、告白できる人間って……」

扉に手をかけたままぶつぶつと赤城がつぶやいていると、ふいに戸口に影が差す。

「何が変わらないって？」

振り返ると当の洞ケ瀬が立っていて、赤城は思わず「うわっ」と大声を上げて飛び退いた。しかしすぐ失礼だったと頭を下げる。

「ご、ごめんなさい。いきなりだったので驚いてしまって」

決して犬に見えたから、という理由ではなく、想像していた本人が急に現れたからだ、と言い訳しようにも言い出せず、赤城は押し黙った。

「とりあえず、入る？」

「ああ、はい」

赤城に代わってガラガラと引き戸を開け、洞ケ瀬が旅館の中へ入るよう促した。ひとまずいつもどおり自社ブースを点検し、減っている商品の在庫を確認する。どのくらい納品するかの当たりをつけて、伝票に書き込んだあと、傍でじっと立っている洞ケ瀬にサインを求めてからいったん車に戻って段ボールごと商品を持ってくる。

いつもなら赤城が作業をしているあいだ、ずっと話しかけてくるのに、ここ二日間は怖いくらいに無口だ。理由がわかっている分、早く何とかしないととは思うが、きっかけを作れずにいる自分がもどかしい。

　土産物コーナーに戻ると、洞ケ瀬は赤城が出ていったときのまま、じっと何かを考えているようで、大きなガラス窓の向こうを見るともなしに見ていた。それを横目に赤城は陳列を終え、少し迷ってから声をかけた。

「猛さん、終わりました」

「ああ」

　洞ケ瀬がはっとしたように赤城を振り返り、それから「昼ご飯」と不安そうな声で言った。「今日は一緒に食べられるよね」

　赤城よりもひと回りも大きな身体なのに、今日の洞ケ瀬はひどく頼りなげだった。そんな彼の誘いを断れるはずもなく、赤城は頷いた。

「もちろん。次の動画の話もしないとですし」

　休憩室で向かい合い、持ってきたコンビニ弁当を広げると、まず洞ケ瀬がストレートに切り出し、謝ってきた。

「昨日はごめん。菅原さんのこと」

「いえ。心配してくれたんだっていうのはわかってますから。猛さんからしたら、僕は危機感がないっていうの、確かになって」

どうしようかと迷ったが、仲直りのためだと、心の中で菅原に謝ってから、赤城は昨日の顚末《てんまつ》を洞ケ瀬に話すことにした。

「猛さんの言うとおりでした。あのあと、たまたま菅原さんと会って、付き合わないかと告白されました」

洞ケ瀬がぎょっとしたように全身の毛を逆立てた。

「それで、どう答えたの」

「もちろん断りましたよ。僕は光重のことはもう好きじゃないからって」

菅原は、過去だ。もう二度とは交わらない。

「もう？」

訝しげな洞ケ瀬の声が、感傷的になっていた赤城の耳に入った。訊き返されて、「え？」と赤城は声を上げ、それから自分の過ちに気づいた。

「あ……」

もう、好きじゃない。ということは、過去好きだったと暴露したことになる。今さら言い間違えたと言うには、赤城は動揺を顔に出しすぎていた。テーブルに置いた手を逃げるように引っ込めようとすると、それを洞ケ瀬が摑んで止めた。冷たい皮膚の感触が、手の甲に貼りつく。

「菅原さんと過去に何があったの？」

鋭い眼光で洞ケ瀬が問い質《ただ》した。黙っていても、これ以上関係が悪くなるだけだ。赤城は引き結んでいた唇を、ため息とともに解放した。

「……大学の頃、付き合ってました。菅原さんと」

「君、ゲイだったのか」

全然わからなかった、と洞ケ瀬がつぶやいた。まさかこんな形でばれるとは思わなかった。あまりに不用意で、まぬけな展開だった。

「隠していたことは謝ります。自分もだって打ち合けるタイミングを逃してしまって、それで」

「うん、いや、責めてるわけじゃないから」

摑まれたままの手を、ぎゅっと握られる。洞ケ瀬の温度が赤城と混じって境目がわからなくなるくらいまで、ふたりは黙ってその手を見つめていた。好きな人に触れられて嬉しい半面、彼に失望されるのが怖くて赤城の心臓は痛いくらいに脈打っていた。

しばらくして、洞ケ瀬がはっと短く息を吐いた。

「もう正直に言ってしまうとね、昨日菅原さんのことを悪く言ったのは、彼がうらやましかったからだよ」

「光重のことが？」

どうして、と赤城が首を捻ってちらりと様子を窺うと、洞ケ瀬は空いた手で鼻の上をさすっていた。

「少なくとも彼は、俺からすれば君を好きなことを隠そうとしていなかった。自分のありのままを受け入れて、堂々と君に触れていた。だから寿近くんが指摘したように俺の態度が悪かったのなら、俺はきっと彼に嫉妬してたんだと思うよ」

「嫉妬って」

どういう意味だろう。――いや、どっちの意味だろう。

自由気ままに振る舞える菅原への羨望か、それとも赤城に好きだと言った菅原への牽制《けんせい》か。

あるいは、その両方か。

だが、前者は洞ケ瀬だってそうだ。はじめから赤城にゲイだとカミングアウトして、獣化症のことものともせず、いつも堂々と振る舞っている。

「猛さんは、自分が嫌いなんですか？」

疑うように赤城は訊いた。

彼は、彼であることを受け入れて、気にしていないように見えた。誰かに犬呼ばわりされても、小さな女の子にきらきらした好奇の目を向けられても。赤城に、怖がられても。それを個性だからと赤城に言ったのは、洞ケ瀬本人だ。

だが、予想に反して、「嫌いだったよ」と洞ケ瀬はそっと零した。

「どうして、って思うよ。いつも。どうして自分は他の人と違うんだろう。どうして犬の姿をしているんだろう。どうして気味悪がられたり、珍獣扱いされたりしないといけないんだろう。どうして、どうしてって、何かあるたびにいつも考えてた。でも、こんなふうに生まれてきたことを後悔しても、どうにもならないから。変えられないし、両親を恨んでも仕方がない。自分が嫌になるときはもちろんあるけど、でも、そういう葛藤みたいなことは、ずいぶん前にやめた。思春期じゃあるまいし、三十年もそんなことで悩んでられないよ」

ふっと洞ケ瀬が仕方なさそうに笑った。だが、それが虚勢だと、赤城にはわかってしまった。

気にしていないなら、そんなふうに嫉妬なんてしないし、笑わない。

きっと、赤城も彼を傷つけていたのだ。初めて会ったあの日、大丈夫、とやさしく距離を取ってくれた彼は、心の底では獣化症である自分自身に「どうして」と問いかけていたに違いなかった。

「僕は」

そんな彼を、抱きしめたくて仕方なかった。抱きしめられないその代わりに、赤城は言った。

「犬の姿をした猛さんが、はじめはものすごく怖かった。でも今は違います。僕はあなたを怖がらないし、やさしいあなたを受け入れてくれる人は、きっとたくさんいます」

「でもその中には、寿近くんは入っていないんだよね？」

思いがけない質問に、赤城はきょとんと洞ケ瀬を見た。悲嘆に暮れた目で、洞ケ瀬が自分を見つめていた。どうしてそんな顔をするんだと、赤城は慌ててもう片方の手も彼の手に重ねた。その手が震えていることに、赤城はそのとき気がついた。そして昔似たようなことがあったのを、ふいに思い出した。

お前のことが好きなんだよ。はあ、そうなんですか。今俺のこと気持ち悪いって思ってないなら、お試しでもいいから付き合って。……それなら、まあ、いいですけど。

初めて菅原に告白されたときのことだ。

いつも調子よく笑っていた菅原は、あのときも笑っていた。だが赤城は、彼の指先が震えていたのを知っている。赤城が頷いたあと、よかった、と赤城を抱きしめた彼の熱い吐息の感触が、首筋に蘇る。

赤城はしっかりと洞ケ瀬の手を握り、鼻から大きく息を吸い込んだ。

自分の思い過ごしではないのなら、つまり、そういうことだ。

「ひょっとして、猛さんって僕のことが好きなんですか」

ぴくりと、洞ケ瀬の手が反応した。そしてすぐに、彼の目が逃げるように伏せられた。

「……ごめんね。困るよね、俺にそんなことを言われても」

自分は、赤城の嫌いな犬の姿をしているから、と洞ケ瀬は口にこそしなかったが、言いたいのはそういうことなのだろう。そんなふうに思わせてしまった自分が、赤城は堪《たま》らなく憎くなった。

「困りません」

きっぱりと言って、彼の手を握ったまま、赤城は席を立った。自分と洞ケ瀬を隔てるテーブルが邪魔だった。

「寿近くん？」

戸惑う洞ケ瀬をよそに、赤城は彼の目の前に立ち、もう一度言った。

「猛さんに好かれて、困ることなんてありません」

だって、と握っていた彼の手を離す。解かれた繋がりに、洞ケ瀬の眉が悲しげに下がった。だが、その直後、赤城は彼を抱きしめた。抱きしめてもいいのだと、わかったからだ。

「僕が光重の告白を断ったのは、もう別に好きな人がいたからなんですよ」

誰のことかわかりますか、と赤城が訊くと、ゆっくりと洞ケ瀬の手が、背中に回された。

初めて、こんなふうに洞ケ瀬に触れる。頬には意外と柔らかな毛が当たり、いつも彼から漂っていたあの花の香りがした。

「大丈夫？」

不安げに、洞ケ瀬が訊いた。答える代わりに、赤城はぐりぐりとさらに強く身体を彼に擦りつけた。怖いなんて思ってないと伝わるように。

「好きです、猛さん」

その告白に、ぎゅっと力を込めて、洞ケ瀬も赤城を抱きしめ返した。

「俺も好きだ」

しばらくそうして抱き合って、そしてどちらからともなく、身体を離す。

「俺と付き合ってくれる？」と吐息が当たる距離で瞳を見つめながら洞ケ瀬が訊き、当然のように頷いた赤城には、触れるだけのキスが待っていた。

始業のチャイムが鳴り、朝礼を終えたあと、昨日の担当店舗の売上げをざっと再チェックし、今日納品する数をアバウトに決めていく。

社内会議が近いので、そろそろ資料作りをしなければならない時期だ。洞ケ瀬旅館に始まり、だんだんと三易村の売上げも増加傾向にあり、次の会議で少しは自分の株も上がるかもしれない。それに加え、めでたく洞ケ瀬と付き合うことになって一ヶ月、このところの自分は無敵状態だ、とうきうきしながら駐車場へ向かうと、先に出たはずの鈴枝の車がまだ停まっていた。何かトラブルでもあったのだろうかと心配して覗いてみると、彼は運転席でただ雑誌を読んでいた。

コンコン、と窓をノックすると、ようやく赤城に気づいて鈴枝がドアを開けた。

「どうしたんです？　まだ行かないんですか？」

「赤城、これ見てみろ」

質問に答えず、彼はさっきまで見ていたページを押しつけるように赤城に雑誌を差し出した。そこに写っていたのは、洞ケ瀬の写真だった。

「あ、これ、この前取材してた……」

「今朝コンビニに寄ったら売ってたんだよ。洞ケ瀬社長、写真で見るとなかなか画になるな」

恋人を褒められて、赤城はにやけそうになる顔をキッと引き締めてから、渡された記事を眺めた。

「話題のタケル社長の素顔、獣化症を乗り越えて……、か」

タイトルはやはり洞ケ瀬が言っていたとおり、獣化症であることを前面に押し出したものだった。声に出して読み上げると、鈴枝がじっと赤城を見つめてきた。

「何ですか？」

「いや、今日は何も言わねーんだなって」

「ああ」

以前、獣化症のことを話したとき、赤城は鈴枝に噛みついたことがあった。だから今回の記事の内容に赤城がまた文句を言うのではと懸念していたようだ。だが、今の赤城には、鈴枝が同級生について言っていたことの意味が理解できる。

「猛さんを取材するにあたって、獣化症に触れないのも逆に不自然ですしね。それに、利用できるものは利用しないと」

笑ってそう言った赤城に、鈴枝は意外そうに目を見開いた。

「お前、なんか変わった？」

「そうですね。人間この歳《とし》になっても変われるものです」

サボってないで早く行ってください、と赤城が鈴枝を促すと、彼は肩をすくめて苦笑した。

「じゃあ俺も負けないようにがんばんないとな」

気合いを入れるように頬を叩いて、鈴枝はようやく車を出発させた。それを見送って、赤城も三易村へ向かう準備を進める。洞ケ瀬に会えると思うと、仕事が楽しく思えてくるから不思議だ。

三易村を巡回し、洞ケ瀬旅館に着く頃には正午を少し過ぎていて、急いで納品を済ませると、洞ケ瀬と一緒に休憩室へ向かう。

「雑誌出てましたね」と赤城が言うと、「もう見たんだ」と少しだけ照れたように洞ケ瀬の尻尾が揺れた。

「鈴枝さんに見せてもらったんですけど、写真かっこよかったです。今日帰りに本屋で買って帰りますね」

「献本もらったからあげるよ」

「そんな、僕も売上げに貢献しないと」

恋人になって一ヶ月が経つというのに、ふたりのあいだにはまだまだよそよそしさが残っていた。

というのも、タイミング悪く洞ケ瀬のほうが忙しくなってしまい、週に三日ほどは宮田が洞ケ瀬の代打を務めていたからだ。もちろん休日も都合が合わず、動画の撮影はしばらく洞ケ瀬がひとりで行っていた。そのデータをもらって赤城が編集をしているので、電話越しに話すことはあったが、こうしてゆっくり昼食をとるのは久々だ。

「もうそろそろ忙しいのも終わるから、休日合わせてどこか出掛けようか」

「新しい動画も撮影したいですしね」

竹灯籠と夏まつりの動画も好評で、それがきっかけでＳＮＳのおすすめニュースに取り上げられ、それを見た人から洞ケ瀬旅館に予約が殺到しているそうだ。そして一気に有名になった洞ケ瀬旅館を見て、旅館組合の老人たちがようやく重い腰を上げたらしい。予約の多さはもちろんだが、どちらかというと洞ケ瀬の多忙さは主に旅館組合が原因だ。

　最初は当然のことながら「勝手なことをするな」という警告に始まった。

「旅館組合の呼び出し？」

　ちょうど付き合った直後のことだった。

「そう。ＳＮＳや動画投稿を始めたのがどうやらあの人たちの耳にも入ったみたいで。獣人であることを売りにするなんて、三易村自体が変な目で見られたらどうするんだ、だってさ」

「あまりにも稚拙な言いがかりですね」

「そうなんだよ。ちょっとはこっちの言うことにも耳を傾けてほしいよね」

「組合のお偉方に何か言われても、猛さんは気にしないでくださいね。元はと言えば、三易村の再興に力を入れてこなかったあの人たちが悪いんですから。洞ケ瀬旅館が人気になったからって、妬んでるんですよ」

　感情が籠りすぎて、最後は鼻息が荒くなった。そんな赤城を見て、洞ケ瀬が笑った。

「でも、あの人たちの言うこともある意味では正しいんだよ」

――獣化症患者のせいで三易村が気味悪がられる、と見当違いな危惧をすることが正しい？

　赤城はそれを理解できず、くっきりと眉を寄せた。

「どういうことです？」

「獣人を嫌う人は一定数いる。その人たちのせいで三易村の評判が下がるリスクは、もちろん大いにある。異質なものとして、受け入れられない人っていうのは、決していなくならないんだよ。寿近くんも最初はそうだっただろう？」

「僕のは、獣化症の人が怖いんじゃなくて、犬が」

　そこまで言って、赤城は唇を噛みしめた。どちらにせよ、洞ケ瀬にとっては同じことだ。獣化症患者を嫌っているのではないにしても、心の奥のほうで彼を犬扱いして怖がっていたのだから。

「自分と違うものを怖がるっていうのは、本能だから仕方のないことだよ。例えばもし、幽霊が本当にいたとして、怖がらずに仲良くなってみようとは思わないでしょう？」

「獣化症と幽霊は違いますよ」と赤城が鼻で笑うと、「同じだよ」と洞ケ瀬が強い口調で言った。

「普通の人間とは違うという点で、同じだ。組合の人たちが言っているのはそういうことなんだ。あの人たちにとっては、俺は未知の生き物で、怖がるべき対象なんだよ。昔からある三易村に、突然俺みたいな獣人が現れていろいろやりはじめたら、そりゃあ難癖つけたくなるよ」

「突然って、でも猛さんは正式な洞ケ瀬旅館の息子ですよ。血だって繋がってる」

「そういうことじゃないんだ」

　そういうことではない。それはわかっている。洞ケ瀬家の血脈だとしても、洞ケ瀬の姿は決して先代には似ていない。

「でも、おかしいですよ、そんなのは。僕はあの人たちが正しいなんて思わない。言葉が通じないならまだしも、きちんと意思疎通ができるのに、相手を理解しようとしないなんて、絶対に間違ってる。猛さんが仕方ないって言っても、僕は嫌です。そんなの、悲しすぎます」

　赤城が一気に捲《まく》し立てると、洞ケ瀬が目を細めてきゅっと口を引き結んだ。その表情がどんな意味を持つのか判断がつかなくて、赤城は気まずくなって首を掻いた。

「それでも俺を受け入れてくれる人がいるのも確かなんだ」

　寿近くんみたいに、と洞ケ瀬が言い添えた。赤城は驚いていつの間にか下に向けていた視線を上げた。

「最初は怖がっていても、仲良くなろうとがんばってくれたでしょう？」

「でもそれは当然のことで」

「君のその当然は、なかなか当然にはならないものだよ。怖かったら避ける。これが普通で、世の中の当然だ。君が俺のために犬嫌いを克服しようとしてるって聞いたとき、俺がどれだけ嬉しかったかわかる？」

　穏やかな目で見つめられ、胃の底がじわりと焼けるように熱を持つ。

「俺みたいな普通とは違う人間に、真正面から真剣に向き合ってくれる人の存在は、本当に心強いんだよ。だから、俺は君に感謝してる。怖いっていう気持ちから逃げないで、受け入れてくれてありがとう」

普通の人とは違う。それを受け入れてほしい。……受け入れられたい。

――ああ、そういうことか。

多分、赤城が獣化症差別の問題でここまで腹を立てるのは、赤城も洞ケ瀬と同じような境遇にいるからだということに、たった今気がついて、それがすとんと腑《ふ》に落ちた。

赤城は自分がゲイであることを、未だにうまく受け入れられていなかった。男が好きだということは、もう仕方のないことだと諦めているが、それを家族や周りの人間に説明する気は微塵《みじん》もない。それが世間的にマイノリティで、普通ではないことで、疎まれることを知っているからだ。

自分も洞ケ瀬と同じ立場にいる。だから、こんなにも獣化症差別への嫌悪感が燻《くすぶ》っているのだ。

赤城は思わず自嘲的に笑った。その乾いた笑いに、洞ケ瀬が不審げに耳を動かした。

「僕、本当は猛さんにどう接するのが正しいのか、わからなくて悩んでたときがあったんです。鈴枝さんにも言われたんですけど、僕は真面目に考えすぎだって。それに、猛さんにも言われたとおり、差別はダメだ、やっちゃいけないことなんだって思えば思うほど逆に猛さんを遠ざけてしまったりして。そういうつもりはなかったのに、知らないうちに自分のエゴで動いてたんですよね。猛さんのことを考えてるつもりで、全然そうじゃなかった。僕は結局、自分が差別をする側に回りたくなかっただけなのかもしれない」

こんな打算的な考えを持つ自分に、彼は失望するだろうか。吐き出したあとに怖くなって、赤城はぎゅっとこぶしを握りしめた。

「そんなことないよ」と洞ケ瀬が先ほどと変わらない声で言った。「寿近くんは俺のこと、ちゃんと考えてくれてる。差別はいけないって、真面目に考えることは悪いことじゃないよ。人によって正しさも違うし、俺が言うことだって全部が全部正しいことじゃない」

やさしい声音が、赤城の罪悪感を軽くしようと降ってくる。それに、「ありがとうございます」と赤城は頭を下げた。そしてこれ以上深刻な空気にならないように、照れた振りで首をさすって言った。

「あ、でも、猛さんのことは獣化症だからとか関係なく好きですよ。仲良くしてもらってる人が嫌がらせをされたら腹も立てますし、文句だって言いたくなります。もし組合の人やお客様に何か言われたら、僕じゃ力にならないだろうけど、愚痴くらいは聞きますから。僕はいつだって猛さんの味方です」

「ありがとう」と洞ケ瀬が言い、それから赤城と同じように首をさすり、しばらくして深く息を吸うと、彼は恥ずかしそうに続けた。

「あの、寿近くん。君に告白したとき、俺、いろいろ弱音を吐いたよね」

弱音というより強がりだった気がするけど、と思いつつ赤城は無言で首を振った。

「それで、あのとき、なんで俺は獣人なんだろう、みたいなことを言った気がするんだけど」

「はい。でも葛藤するのはやめたって言ってました」

付け加えると、彼は上目遣いに赤城を見て、苦笑した。赤城が疑っているのがわかったのだろう。

「納得したっていうのが正しいのかもしれない。獣人だから、そういうこともあるって」

「それは納得というより、諦めじゃないんですか？」

「寿近くんって結構痛いとこ突いてくるよね」

「あ、ごめんなさい」

赤城が謝ると、おかしそうに彼が笑った。不快に思ったわけではないらしい。

「でもね、たとえ傷ついても、それを塞いで癒してくれる人たちがすぐ傍にいる。若い頃はそれになかなか気づけなかったけど、今は自分が幸せだってちゃんと知ってる。だから、誰に何を言われようが、俺は大丈夫だよ。そういう意味での納得、かな」

心配してくれてありがとう、と彼は言った。そこには卑屈さは微塵も含まれていなくて、それが彼の本心であることは疑いようがなかった。誹謗《ひぼう》中傷を受けて嫌になることもあるが、それでも、と彼は前を向く。

赤城の心配は杞憂《きゆう》だったのかもしれない。洞ケ瀬が深刻に悩んでいないのならそのほうがいい。だが、それでも、もし洞ケ瀬が落ち込んだときは、自分は彼の傍にいたいと思う。そう思うことは、赤城の勝手だ。

――と、そんなふうに洞ケ瀬が旅館組合に呼び出され、釘を刺されてから数日後、洞ケ瀬に青年団長の高村から連絡が入った。何かと思えば三易村のアクティビティスポットを追加した新しい観光パンフレットを作る目処《めど》が立ったらしく、それに伴って、洞ケ瀬を邪険にしていた旅館組合の老人たちにも若者連中から苦情が入ったらしい。洞ケ瀬は真剣に三易村のためを思って行動してくれている、獣人差別はもう時代に淘汰《とうた》されるべきだ、と抗議したところ、洞ケ瀬へのこれ以上の嫌がらせはなくなりそうだとのことだった。その代わり、洞ケ瀬は宣伝隊長として方々へ顔を出してくれと頼まれ、忙しくなったというわけだ。古参の宮田も今では徐々に洞ケ瀬の考えを受け入れてきて、たまに反発はするものの、前ほどぎくしゃくはしなくなったようだ。洞ケ瀬も宮田の想いをしっかりと受け止めるように努力しているらしい。

三易村もいよいよ世代交代の時期に来ている。

「付き合ってからろくに会えてないし、動画の撮影は置いといて、出掛けたいんだけど」

洞ケ瀬が拗ねたように言い、目の前に広げた弁当を行儀悪く箸でつついた。

「デートですか」

口に出してから、赤城は恥ずかしくなって目を伏せた。なんて甘ったるい単語なのだろう。

「うん。買い物でもいいし、秋も深まってきたから、山でのんびりピクニックでもいいし、あとは、」

少し間を置いて、洞ケ瀬が鼻先に手を遣った。

「お家《うち》デートでもいい」

「お家デート」

思わず繰り返し、赤城はボンッと音が鳴りそうなほど赤面した。

つまりは、洞ケ瀬はもう少し関係を進展させたいと思っているということで、そういうお誘いなのだろう。

「……どちらの家で？」

「寿近くんの家、行ってみたい」

期待に満ちた目で言われ、赤城はうっと顔をしかめたあと、首を斜めに倒す。はいともいいえともつかない返事に、洞ケ瀬が「まだダメかな」と残念そうに苦笑した。

処女じゃあるまいし、勿体《もったい》ぶるつもりは毛頭ない。だが、ほんの少しだけ、赤城は怖いのだ。洞ケ瀬が、ではなく、洞ケ瀬と身体を重ねるときに失敗しないか、というのがだ。

調べたところによると、獣化症患者のうち、イヌ科のＣＴ型の人間には、犬と同じように亀頭球《きとうきゅう》というものがついているらしく、慣れるのにかなり時間がかかるのだそうだ。セックスでの快楽の感じ方はわかっているものの、何年もご無沙汰なうえ、今はほとんど後ろを使った自慰もしていない。洞ケ瀬の身体を見ればわかるとおり、きっと赤城とは比べものにならないくらいの膨張率だろうし、一ケ月ではとても開発は無理だった。

「晴れたらピクニック、雨なら近くのショッピングモールで買い物にしましょう」

赤城が言うと、洞ケ瀬はもじっと大きな身体を揺らして頷いた。


菅原から電話があったのは、洞ケ瀬とデートの話をしてから二日後のことだった。翌日が休みで、赤城は久々に夜更かししようと決めてビール片手に借りてきた映画を観ているところだった。

テレビから流れる爆発音に混じって、スマホが着信を告げた。こんな夜中に誰だろう、と画面を見ると、菅原だった。告白されてから、再三来るメールも無視しているし、出なくていいかな、と思ったが、先日感じた罪悪感もあって、赤城は停止ボタンを押して映画を止めてから電話に出た。

「もしもし？」

「おう、夜中にごめん」

静かになった部屋に、菅原の声が響く。赤城が返信しないことについて何か言われるかと思ったが、怒った様子は微塵も感じさせない声だった。いつもどおり、はきはきとした喋り方で、彼は言った。

「出てくれるとは思わなかった。元気？」

「元気だよ。どうして？」

用がなければかけるな、とまでは言わないが、少なくとも赤城が知っている彼は用がなければ電話をかけてくるタイプではなかった。

「いや、ちょっと気になって。お前、あの社長とは最近どうなってる？」

「洞ケ瀬旅館の社長のこと？」

「そう、あの獣人社長」

「光重」と赤城が咎《とが》めると、彼は「悪い悪い」と嫌味なく笑った。

「今日ちょっと街で見かけてさ。顔は知ってるし、一応声かけてみたんだよ」

「ああ、それで」

赤城を思い出して電話してきた、というわけか。

「チカは元気ですかって聞いたら、なんかむっとした顔されちゃって。お前、何かしたの？」

洞ケ瀬がそんな表情をするなんて、と胸が少しざわついて、赤城はそれが菅原にばれないように抑えながら言った。

「実は、光重と昔付き合ってたこと、うっかり喋っちゃって」

「マジかよ」

お前なあ、と呆れたように菅原がため息をつき、空気がガサガサと受話器を擦った。

「えっ、でも、ってことは、お前がゲイだってばれたってことだよな。まさか告白もしたのか？」

「うん。っていうか、先月から猛さんと付き合ってる」

「……嘘だろ」

犬嫌いのお前が、と不審そうに言われ、赤城は眉間にしわを寄せたが、当然電話の向こうの菅原には見えていない。

「本当。それに、光重も言ってたじゃん。嫉妬深い恋人みたいって。それ、当たってた」

赤城が言うと、菅原はちっと舌打ちしてから鼻で笑った。

「言わなきゃよかったな」

「言わなくても結果は同じだったと思うよ」

「お前に犬嫌いの克服方法なんて教えるんじゃなかった」

「そう思うとキューピッドだね、僕たちの」

今度こそ盛大なため息が返ってきて、赤城はいじめすぎたなと咳払いをした。しかしこのくらい言わないと、未練を残されでもしたら困る。

「まあ、くっついちまったもんはどうしようもないし。好きなやつがいる人間に横槍《よこやり》入れるほど、もう若くないから、素直におめでとうと言っておくか」

「ありがとう。そうだね。光重はそういう人だった」

ほっと息を吐き、それから赤城は、さらに死体に鞭《むち》打つようなことを思いつき、ほんの少し逡巡したあと、正直に口にした。

「なあ、元彼にこんなことを相談するのもアレなんだけどさ」

こんなことを赤裸々に話せるのは、同類の菅原しかいない。

「亀頭球ってやばそうで、なかなか先に進む決心がつかないんだけど、どうすればいいと思う？」

「……お前、結構図太いよな」

「知らなかった？」

「いや、お前はそういうやつだった」

あー、もう最悪だ、などと傷ついた様子でぶつぶつと文句を言ったあと、「考えるまでもなく」と、気持ちを切り替えた菅原は言った。「ヤッてみればいいと思うぞ」

「失敗したらどうするんだよ」

「一回の失敗でお前の彼氏は失望したりするのか？　しないだろ」

「そうだね。それは間違いなくそうだと思う」

「だったら話は簡単だ。ヤるしかない」

菅原はあっさりと提案した。

「他人《ひと》事だと思って」

他人事だしな、とニヤついた声で言われ、赤城は黙った。ふがっ、と次郎丸の鼻息が聞こえた。

「こればっかりは本人じゃないとわからないから。俺が言えるのはここまでだ。それに、ひとつ確実なことがあるだろ」

「何？」

「お前が彼氏をどう思ってるか、だ。そこは間違いなく本物だろ？　犬嫌いのお前が、社長のために努力したんだから、よっぽど好きなんだろ。だったらセックスも努力すればいい」

「……そうだね」

素直に認めると、菅原は自分から言い出したくせに、惚気《のろけ》やがって、と不貞腐れた声を出した。

「聞いてくれてありがとう」

「どういたしまして」

用件も済んだし、じゃあ、と電話を切ろうとすると、待て待て、と菅原が珍しく焦って大声を上げた。

「見返り！　相談料！」

「お金取るの？」

ケチくさいなあ、と思っていると、菅原は意外なことを口にした。

「お金じゃなくて、お前の会社のホームページに載ってたイケメンを紹介してほしいんだけど」

誰、と問うまでもなく、鈴枝のことだとわかった。他に同年代で載っている同僚はいない。

「鈴枝さん、彼女はいないみたいだけどノンケだと思う」

「飲みに行くくらいならいいだろ。それにぶっちゃけると、元々俺の好みはああいうタイプなんだよな。短髪で首が太めのがっしりしたやつ」

「それは知らなかった」

赤城と鈴枝では全然タイプが違う。赤城はどちらかと言うと細身で引き締まっている。顔のパーツもそうだ。鈴枝は垂れ目で、赤城は吊り目。

「なんか、光重とうまくいかなかった理由がわかった気がしたよ」

「いやいや、お前はいい彼氏だったよ」

「はいはい。じゃあ今度飲み会の算段つけとくよ」

渋々承諾すると、がんばれよ、と菅原は上機嫌そうに電話を切った。演技だと気づいたが、知らない振りをした。

飲みかけのビールを持ったまま窓を開けて、赤城はベランダに出た。空を見上げると、薄ぼんやりと星が瞬いていた。アパートからでは、街の光に掻き消され、星空がきれいに見えない。手すりにもたれかかり、ビールをちびちびと啜《すす》りながら考えた。

デートのあと、洞ケ瀬の希望したとおり、家に誘ってみよう。

デート当日は見事な秋晴れで、赤城は朝からわずかな緊張とともに待ち合わせの場所へと向かった。三易村から車で十分ほど走ったところに登山口があり、広い駐車スペースに入ると、先に来ていた洞ケ瀬のＳＵＶの隣にぴったりと車を停める。

「お待たせしました」

「晴れてよかったね」

いい天気にも拘らず、平日だからか、ふたりの他に人はまばらだ。洞ケ瀬は買い込んできたハンバーガーの袋とサッカーボールを、赤城は飲み物と撮影機材を持って、登山コースではなく芝生の広がる広場へと向かって歩いていく。

「デートだから撮影はいいのに」と洞ケ瀬は言うが、せっかく動画の視聴回数が伸びているのだから、ネタは作っておくに越したことはない。それに、いざふたりでデートだと思うと、理由がないと照れくさくてまともに洞ケ瀬のほうを見られそうもなかった。

「猛さんとバーチャルデートってプランで撮ります」

「まあ、寿近くんがそうしたいならいいけど」

広場に着くと、まずは木陰にレジャーシートを広げて荷物を並べた。それからボールを蹴り合うだけの他愛のない遊びをして、お腹《なか》がすいた頃にハンバーガーを頬張った。そのあとは心地のいい疲労感に任せて芝生に横になり、だらだらとお喋りをした。

たったそれだけの行程なのに、気づけば陽も傾いていて、「そろそろ帰るか」と洞ケ瀬が言い出したとき、まだまだ一緒にいたい気持ちが赤城の中で膨れ上がった。

仕事では頻繁に顔を合わせても、恋人でいられる時間は希少だ。この機会を逃せば、またしばらくもどかしい日々が続く。

「猛さん」

「ん？」

赤城はくいっと洞ケ瀬の袖を引き、帰ろうとする彼を呼び止めた。

「夕飯、うちで食べていきませんか」

赤城の言葉に、洞ケ瀬の耳がぴくりと緊張したように前を向く。

もちろん、夕飯なんてものは口実だ。洞ケ瀬もそれがわかっていて、「いいの？」と真剣な顔で訊いた。

「いいですよ」と赤城も真剣な顔で答えると、「先に帰ってて」と洞ケ瀬が言った。なんとなく理由を察し、赤城は頷いたあと、言われたとおり先に自宅へと帰ることにした。

家に帰り着き、洞ケ瀬に住所を送ると、夕飯も適当に買っていく、と返信が来た。そわそわとただ彼が来るのを待つだけなのも落ち着かず、赤城はシャワーを浴びて汗を流すついでに、下準備に取り掛かった。

洞ケ瀬と付き合うようになってから、そのうち使うだろうと自分で何度かそこの拡張を試みたが、どの程度拡《ひろ》げればいいのかわからず、今も少し不安はある。だが、菅原に言われたとおり、失敗したからといって洞ケ瀬が赤城を責めることはないだろう。それだけは確かだ。

中にローションを仕込んで、バスルームから出たとき、ちょうどインターホンが鳴った。赤城はどうしたものかと悩んだ末、バスタオル一枚で玄関のドアを開けた。

「……っ」

無防備な赤城の姿に、洞ケ瀬が息を呑む。そしてドアを閉めながら何度もキスを繰り返し、洞ケ瀬の大きな舌が赤城の首元を舐めまわした。荒い息遣いに、一瞬昔のトラウマが蘇りかけたが、赤城は鼻先を彼の体毛に埋めて匂いを嗅ぎ、今自分を抱きしめているのは洞ケ瀬なのだと実感し、ふたりの体温が混じり合う頃には安心して身体を預けられるようになっていた。

「ベッドはどこ？」

切羽詰まった洞ケ瀬の声に、下半身が疼く。性急に求められて、赤城は嬉しさを隠せなかった。洞ケ瀬は靴を脱いで、ベッドに行くまでに次々と余計な衣服を脱ぎ去っていく。

裸になって、赤城はまじまじと洞ケ瀬の秘部を見つめた。興奮した彼のペニスは、もうすっかり硬くなってそそり立っていた。想像どおり、そこは赤城のものより二回りほど大きく、おまけに形も少し違って、根元にこぶのような塊があった。これがいわゆる亀頭球というやつなのだろう。

「準備するから、少し待ってください」

やはり今のままでは入りそうにない。洞ケ瀬の前で膝を割り、見せつけるように自分の穴に指を入れ、少しずつ少しずつ、彼を受け入れるための性器を造り上げていく。その赤城の痴態を見て、ごくり、と洞ケ瀬が喉を鳴らした。

そして彼は何かに気づいたようにそっと赤城の裸の脚に触れ、なぞるようにそこをさすった。

「これ、昔噛まれたっていう傷痕？」

赤城のトラウマのもと。そこだけ皮膚が引き攣れて、色が違っている。

「そうです。大きな雄犬にがぶりと」

「怖かったでしょ。不届きな犬だね。トラウマになるのもわかる」

「まあ、そのトラウマのおかげで猛さんを意識することになったわけですし」

「複雑な気分だ」

赤城の悲劇を悲しんでいいのか、それに感謝していいのかわからないように、洞ケ瀬は曖昧に尻尾を振った。そんな彼がかわいくて、赤城はもう片方の手で彼のペニスに手を伸ばした。

「うっ」

鼻の上にしわを寄せて、彼は目を閉じた。そのまま上下に緩く扱くと、だんだんと気持ちよさそうな吐息が聞こえてきた。初めて触る亀頭球は、不思議な感じがした。ペニスに真珠を仕込むという奇特な人がいるとは聞いたことがあるけれど、あれと似たようなものかと赤城が考えていると、洞ケ瀬も赤城がそれを気にしているのがわかったのか、「中に挿《い》れたらもっと膨らむ」と艶っぽい声で耳打ちした。これ以上大きくなるのかと思うと、ぎゅっと下腹が痛くなった。だが、恐怖というよりは好奇心に近く、鼻の奥が熱くなる。

「猛さん、もういいですよ」

本当はまだ挿《はい》りそうもなかったが、早く洞ケ瀬とひとつになりたいという願望が、赤城にそう言わせた。だが、洞ケ瀬は首を横に振ると、代わりに熟れた赤城の粘膜に指を挿《さ》し入れた。この日のためなのか、彼の爪は短く切り揃《そろ》えられていて、やさしく赤城を快楽へと導いていく。

「これじゃまだ俺のは入りきらない」

「う、ん……っ」

自分の中を他人に触れられる感覚は久しぶりだ。もうほとんど忘れかけていたが、気持ちよさを追うのは本能が覚えてくれていた。身体をなるべく弛緩《しかん》させ、呼吸を整えると、洞ケ瀬の指の動きがだんだんと激しくなってくる。的確に赤城の気持ちいいところを探り当て、高めていくその手つきに、赤城は少しだけ嫉妬する。そう言えば、この人はモテるんだった。

「猛さん、上手ですね」

「経験は人並みにあるから」

苦笑して、しかし洞ケ瀬は複雑そうに顔を歪めた。

「けど実は、ちゃんと付き合うのは寿近くんが初めてなんだよね」

「え？」

意外な告白に、赤城はしばし呼吸を止めて洞ケ瀬を見つめた。ゆっくりと指が引き抜かれ、洞ケ瀬が自分で買ってきたらしい新品のローションのキャップを開けながら言う。

「東京では、出会いを求めて同じような人たちが集まるところに顔を出してはいたんだよ。でも、獣人とセックスしてみたいからって声をかけてくる人たちばかりで、俺と真面目に恋愛しようなんて人はいなかった」

だから、気持ちが通じ合ってするのはこれが初めてだと、照れくさそうに説明する洞ケ瀬に、赤城の胸は痛いほどに音を立てて高鳴った。

ローションが注ぎ足され、洞ケ瀬の指が再び赤城の中へゆっくりと埋め込まれる。

「んっ、う、猛さん……っ」

この気持ちを、どう表せばいいか、赤城にはわからなかった。だから言葉ではなく、洞ケ瀬の頭をぐっと引き寄せて、キスをすることで彼に伝える。赤城と形状の違う口とのキスは、未だに慣れない。

だが、歯列を割って入ってくる舌が、彼の温《ぬく》もりを与えてくれる。

やがてぐちゅぐちゅと激しい水音が耳に届き、赤城のそこがすっかり解けきったのを知った。

「やさしくするから」と手早くスキンをつけながら洞ケ瀬が言い、圧迫感とともに彼の一部が赤城の中に圧《お》し入ってきた。

「あ、く……っ」

息が止まりそうなほどの質量だった。思わず彼の背中に爪を立ててしまい、彼の顔が苦悶《くもん》に歪んだ。

「痛い？　やめとこうか？」

心配そうに問う彼に、赤城はやめないでと首を振った。

「全部ほしい。全部入れて……ッ」

「そんなに煽らないでよ」

ぐん、と腰を進められ、一番奥の、今まで誰にも侵されたことのない場所の入り口に先端が当たった。

「ああ……っ」

洩れ出た声に、やはりまだ不安げな洞ケ瀬が赤城を覗き込んだ。赤城は必死に頷いて、続けるように言った。

「痛くないから、大丈夫。好きにしていいです」

「わかった」

目元に宥めるようなキスが落とされ、ゆっくりと洞ケ瀬が動き出す。

「これ、全部……？」

「まだ、三分の二かな」

　ともすれば暴れそうになる下半身を抑えて、洞ケ瀬が答える。根元まで挿入されていないということは、亀頭球もまだなのだろう。だが現段階でもう、赤城の腹はいっぱいだ。この先の感覚を、赤城は知らない。

「僕、それ以上挿れられたことがないから、少し、怖いです。でも、」

　赤城は処女ではない。だが、洞ケ瀬の初めての恋愛が赤城だったように、自分の初めても何か彼に渡したくなった。

「猛さんになら、奪ってほしい」

「寿近くん、君、本当に……っ」

　洞ケ瀬の呼吸が、荒くなる。余裕のない声で「いきんで」と言われ、ぐっと下腹部に力を入れると、わずかな痛みとともに、開いた赤城の最奥へ、洞ケ瀬の切っ先が侵入した。

「あう、う……っ」

「すぐによくしてみせるから」

　洞ケ瀬がそう言った次の瞬間、赤城の頭はふわりと落ちるような感覚に襲われた。

「あ……？」

　気づけばだらしなく口を開け、その端から漏れた涎《よだれ》を洞ケ瀬の厚い舌が舐めとっていた。

「ふ、ぁ……、あ、ああ……っ」

もっと痛いものだと思っていた、だが実際は、感じたことのない快楽と、小刻みに揺れる肉のぶつかる音だけが、赤城を包んでいた。洞ケ瀬の律動に合わせ、赤城の口からはあえかに声が洩れ落ちる。

「大丈夫？　全部入ったけど」

洞ケ瀬に訊かれ、赤城はかくかくと頷いた。みっちりと腹の中を埋められ、結合部が中から押し拡げられているのはわかる。しかしそれほど痛みはなく、むしろ初めて知る奥での快楽に、赤城は夢中になっていた。

「気持ち、いい……っ」

「よかった」

それから少しずつ、様子を窺いながら洞ケ瀬が速度を上げていく。彼の動きに合わせて、抱き合って挟まれた赤城のペニスを彼の体毛が撫でた。それも刺激となって、さらに赤城を追い詰めていく。

薄い胸を撫でられ、時折しゃぶられて、洞ケ瀬の手練手管にとろとろに溶かされて、だが一番赤城を興奮させているのは、彼の情欲に濡れた黒い瞳だった。視線から溢れるほどの「愛してる」が伝わってきて、それだけで十分だった。

「猛さん」と小さな声で呼べば、愛おしそうに頰を寄せられた。

「もうイキそうなんだけど、いいかな」

「僕も、一緒に」

隙間なくふたりのあいだが埋められて、何もかもがどろどろのぐちゃぐちゃに溶け合ったとき、洞ケ瀬の身体がわずかに震えた。吐息が耳にかかり、その些細《ささい》な刺激に赤城の我慢も限界を迎える。そしてふさふさの顔を両手で挟みこんで、幸せに頭のてっぺんまで浸りながら、彼の精を胎《はら》の奥深くで受け止めた。

彼がペニスを引き抜くと、白い液体がスキンの先端にたっぷりと吐き出されているのが見えた。赤城はそれを眺めながら、はあっと熱さの残る息を吐いた。

子孫を残せない精子たち。誰とも結びつかない彼の分身。

洞ケ瀬が赤城の頭を抱いて、やさしく撫でた。

出会いからは想像もできなかった今の関係に、赤城は思わず洞ケ瀬の体毛に顔を埋《うず》めてふふっと笑う。

「なに？」

「いえ、本当に、人生って面白いなって妙に実感しちゃって」

「これからもっと面白くなるよ」

「そう願います」

パチンッとスキンの外れる音がして、それからまたごそごそと洞ケ瀬が箱を漁《あさ》る気配がした。

「もう一ラウンド？」

「付き合ってくれる？」

「お手柔らかに」

　赤城は頷いて、彼の長い鼻先にキスをした。


　季節は巡り、三易村でもそろそろ桜の開花宣言が聞こえてきそうな陽気が続いている。

「猛さん、サンプル出来上がりましたよ」

　段ボールを抱えてやってきた赤城に、洞ケ瀬が慌てて裏口の戸を開ける。

「いらっしゃい、寿近くん。もうできたの？　早いね」

　あれから洞ケ瀬は地元テレビ局にも取材されるようになり、ますます有名になった。それで売上げも伸びて、赤城の勧めるナガセ製菓にも恩恵があったわけだが、もちろんいいことばかりではなかった。獣化症への偏見は田舎では未だ根強く、旅館組合が懸念したとおり、不穏な噂も多々流れた。

　それでも洞ケ瀬がめげなかったのは、赤城を含め、彼を慕う人が多くいたからだ。それはひとえに、洞ケ瀬自身の人柄によるものだ。彼はやさしい。そのうえ気も利くし、働き者だ。がんばっている人間には、協力したくなるというのが人の性《さが》で、彼の協力者は日に日に増えていった。

「製造企画の人が猛さんのファンらしくて、気合い入れて作ってくれましたよ」

「へえ、あとでお礼しないとな」

赤城が抱えた段ボールに入っているのは、ナガセ製菓のどら焼きだった。ただし、通常のどら焼きと違って、表面に洞ケ瀬が描いたあの似顔絵の焼き印が入っている。ＳＮＳでかわいいと好評だったため、せっかくならとグッズ化したというわけだ。

取り出したサンプルを見て、洞ケ瀬が満足そうに頬を吊り上げた。

「なんだか食べるのもったいないな」

「かわいいですもんね」

とはいえ見た目だけでなく味も重要なわけで、食べてみないとわからない。と、そこへ手の空いた宮田や他の従業員たちもわらわら集まってきて、自分たちの社長が描かれたどら焼きを見るなり自分にも、と次々と手を伸ばす。

「ここにあるやつ、皆さんで食べてくださいね。感想もお待ちしてますんで」

赤城が言うと、ふたりの時間を邪魔されたと洞ケ瀬が耳を伏せて残念がったのが見て取れた。それに赤城もこっそりウインクを返して、声に出さずに合図する。

もちろん伝えたのは、またあとで、だ。

「む、味は美味しいですけど、何か罪悪感がありますな」

宮田の言葉に、洞ケ瀬が笑う。

「とか言って、宮田さん躊躇《ちゅうちょ》なく齧《かじ》ってるじゃないですか」

「ほんとだ」

「日頃バトルしてるから、その恨みですね」

わいわいと従業員たちが口にして、だが言葉とは裏腹に、空気は穏やかだ。それを感じて、赤城はよかった、とほっとした。洞ケ瀬が社長に就任してから一年、洞ケ瀬旅館の雰囲気は格段によくなっていた。たまに見かける女将も、先代が亡くなったばかりの頃よりずいぶんと元気になって表に出てくる機会も増えたようだ。

「じゃあ僕は他の商品の納品をやっちゃいますね」

「あ、俺も手伝うよ、寿近くん」

人だかりを抜けて、いつもの土産物コーナーへとふたりで向かう。

「騒がしくてごめんね、うちの従業員が」

「いいえ、猛さん、みんなに慕われてて僕も嬉しいですよ」

きょろきょろと周りを見回して、誰もいないことを確認すると、赤城はそっと洞ケ瀬の小指に自分のそれを絡めた。

「次の休みはどうしましょうか」

「今年こそ一緒に桜まつりに行こうよ。仕事もちょっとくらい抜け出してさ」

そう言われ、昨年の今頃、洞ケ瀬に誘われていたことを思い出した。

「憶えてたんですね」

「そりゃあね」

思えばふたりとも、最初からお互いを意識していたのだ。今とは当然違う意味でだったが、きっかけには変わりない。

「屋台でいっぱい買い物しましょうね」

「うん。……寿近くんが三易村担当になってくれて、よかった」

しみじみと洞ケ瀬が言った。

「三易村を有名な温泉街にするっていう猛さんの夢も叶《かな》いそうですしね」

「これからもがんばるよ」

「はい」

何年後になるかはわからない。だが、少しずつ、確実に進んでいる。

犬嫌いの自分と、犬の姿の洞ケ瀬が繋がれたように、反発し合う《アゲインスト》ものでも、きっかけさえあれば糸が繋がり、絡まって、やがて大きな何かを編み出していく。

「楽しみですね」

その日のことを思い、赤城はにっこりと微笑んだ。

あとがき

はじめましての方ははじめまして、お久しぶりな方はお久しぶりです、寺崎《てらさき》昴《すばる》です。このたびは拙作をお手に取っていただきありがとうございます。

デビュー作に引き続き、獣人ＢＬというジャンルで書かせていただきましたが、いかがだったでしょうか。本人はもうすっかり獣人ＢＬ専門作家みたいな気持ちでいます。

一作目の『ギフテッド～狼先生は恋をあきらめない～』とは違って、少し大人なカップルで、ギフテッドのふたりよりも少し達観した感じになっているかなと思います。（読んでいない方はぜひ一作目の初々しいカップルも読んでいただけたら嬉しいです。）

今回のテーマはタイトルにもあるとおり『相反』でした。スタート地点が最悪なふたりがどう近づいていくのか……という難しいものでしたが、ふたりともがんばってくれたので何とかくっつけることができました。特に空回りしていた赤城ですが、気に入っていただけたら幸いです。ラブラブ後日談なども機会があればお披露目したいなと思っております。

しかしここまでイヌ科ばかり書いているので、どこかでネコ科や鳥類、爬虫類、あるいはモンスター系なども書けるといいですね～。ご依頼がありましたら是非また書かせていただければと思います。

そして、イラストを担当してくださったyoshi《よし》彦《ひこ》先生におかれましては、登場人物たちを生き生きと、しかも相当かっこよく描いていただき、恐悦至極に存じます。

ここだけの話、担当M様にサンプルのイラストを見せてもらったときに一目惚れしてしまい、「絶対yoshi彦先生がいいです！」と食い気味にお願いした次第です。獣人というなかなかにハードルの高い案件にも拘らず、お引き受けくださって本当にありがとうございました！

今回、デビュー作同様のびのびと好き勝手に書いたものを世に出していただける機会を与えてくださった編集部様（担当M様）、この本に関わってくださったすべての方々、まだまだ大変な世情の中尽力していただき、ありがとうございました。

そして支えてくれた家族、親友たちには特別の感謝を。

読んでくださったあなたには最大級の感謝と尊敬と祝福を。

お手紙などで感想をいただけると光栄です。ではまたどこかで。

令和四年一月　寺崎昴

ギフテッド ～狼先生は恋をあきらめない～

ギフテッド ～おおかみせんせいはこいをあきらめない～

寺崎 昴

イラスト：笠井あゆみ

定価957円

【先天性獣化症】というめずらしい症状のため、狼のような姿で生まれてきた祭は、人と違うことで偏見の視線を受けながら育ってきた。

それでも、母や弟たち家族は皆優しく、友達も少なからずいる。社会の中で心に刺さる棘を時折意識しながら、それでも大学生になるまでまっすぐ生きてきた祭。

そんな祭はある日、家庭教師と教え子として出会ったクールな高校生から目が離せなくなり……？

人とは違う【個性】を抱えた二人が等身大の互いを見つめ合う、優しくも瑞々しいデビュー作。

リンクスロマンス大好評発売中

竜の守人は騎士団長に愛される

りゅうのもりびとはきしだんちょうにあいされる

葉山千世

イラスト：カズアキ

定価957円

竜と人間が共存するユミルナ国で、エイノは竜騎士団長であるアレクシの屋敷で十八年間暮らしている。この国で十八年前に起きた“神殿の悲劇”の日に、アレクシが出生のわからない赤ん坊のエイノを見つけ、引き取ってくれたのだ。以来、自分をいつも気にかけて甘やかしてくれる彼の優しに、いつしか主人への尊敬以上の特別な想いを抱いてしまっていた。

「──アレクシ様に、本当の恋人ができるまで、だから……」

そんな葛藤の中で迎えた十八歳の誕生日、エイノは突然高熱で倒れてしまい──!?

恋になるまで暮らしませんか

こいになるまでくらしませんか

きたざわ尋子

イラスト：古澤エノ

定価957円

ある日、朝井千遥はアパートの隣人女性に頼まれて５歳の息子・峻太郎を預かるが、なんと彼女は峻太郎を置いて失踪してしまった。その後、疎遠ではあるが彼女の異父兄が同じ街に住んでいると知り、ひとまず彼のマンションに峻太郎を預けることに。峻太郎の伯父にあたる柳久保統貴はイケメンでお金もあるが、どこか冷めた印象の男だった。さらに子供が苦手らしく、母親が戻るまで千遥も一緒に暮らして峻太郎の面倒を見てほしいと言う。突如始まった奇妙な共同生活。第一印象は最悪だったけど、不器用ながらも小さな甥に歩み寄ろうとする統貴の姿に千遥は徐々に信頼を寄せていき…？

リンクスロマンス大好評発売中

運命の騎士と約束の王子

うんめいのきしとやくそくのおうじ

真式マキ

イラスト：兼守美行

定価957円

新人小説家の有樹は上下巻で刊行する予定だった「ラガリア物語」を上巻部分のみで終わらせるよう指示を受け、物語を急遽修正することに。全ての作業を終わらせ深い眠りに落ちた夢の中に、自分と同じ姿で「ラガリア物語」の主人公・ユリアス王子だと名乗る青年が現れ、物語の創造主である有樹の手で世界を正しい完結に導いてほしいと言う。意味を理解できないまま有樹が目覚めると、物語の世界で自分が王子になっていた。さらに登場人物の騎士・アルヴィアが、描写のないひときわ優しい眼差しを王子に向けてきて、物語を進めるうちに、有樹はそんなアルヴィアの優しさに惹かれていき――。

溺愛社長のまっすぐすぎる純愛《できあいしゃちょうのまっすぐすぎるじゅんあい》

名倉和希
イラスト：兼守美行

定価957円

両親を亡くし蕎麦屋を営む祖父と暮らしている音大生・井澄広翔は、店が立ち退きを迫られたり、来年以降の学費捻出が厳しかったり、さらに祖父が体調を崩したり…と、大きな不安を抱え暮らしていた。そんな中、小さな子供と大きな犬を連れて散歩中だった立石尚行と出会う。落ち込んでいた広翔を心配し、介抱してくれたのだ。それからというもの、何かと広翔を気遣い、優しく接してくれる尚行に、広翔は心惹かれていく。一方尚行も、純粋でかわいい広翔に惹かれ、大切に思ってくれていたのだが、実は尚行が広翔と出会ったことにはとある目的があって——…？

リンクスロマンス大好評発売中

囚われうさぎは獅子王の腕の中《とらわれうさぎはししおうのうでのなか》

茜花らら
イラスト：カゼキショウ

定価957円

半獣うさぎと人間が共存する国・クローヴァ王国。旧王族の血を引く半獣うさぎのユウリは、とある事情により、遠く離れたライオンの国・アッティーカ王国で暮らすことになった。表向きは来賓として迎え入れられたユウリだが、実際は人質に近い立場だった。一方、アッティーカ王国の若き王・イドは、屈強なライオンたちを束ねるに相応しい豪胆で勇猛な人物で、出会った当初からユウリを弱いうさぎだとバカにした態度を隠さなかった。それでも凶暴なライオンたちを前に気丈に振る舞うユウリに興味を持ったのか、「俺の番になれば安全な立場でいられる」と強引に迫ってきて…？

緑の神子は夢を見る
〜英雄王に捧げる四度目の初恋〜

みどりのかみこはゆめをみる 〜えいゆうおうにささげるよんどめのはつこい〜

飯田実樹

イラスト：金ひかる

定価957円

人々を正しく導くため、神の依代として生を受けた神子・セラフィと、その唯一の神子を守るため、人間の中から選ばれた英雄王。英雄王はその命尽きても魂の転生を繰り返し神子を守り続ける存在で、二人は永久に絶対的な主従のはずだった。しかし、三人目の英雄王であるヴィルヘルムとセラフィの結びつきは強く、いつしか主従以上の特別な想いを寄せ合うように…。そんな中、敵に急襲された神子を守るため、英雄王は瀕死の重傷を負いながら、最後の魔力でセラフィを異世界へと転移させた。そして、いざ転移先から元の世界に戻ってきたセラフィだったが、全ての記憶を失っており…!?

リンクスロマンス大好評発売中

アドレアの祝祭
〜聖獣王と幸運の番〜

アドレアのしゅくさい 〜せいじゅうおうとこううんのつがい〜

宮本れん

イラスト：サマミヤアカザ

定価957円

清らかな歌声で動物たちに愛される才能を持つアンリは、両親を亡くし一人健気に日々を過ごす中で大雨の日に森で迷っていたジークフリートを助ける。一晩共に過ごす中で、アンリは穏やかで頼もしい彼に心惹かれていく。しかしそれも一夜限りと思っていたアンリの元に、数日後、王太子の使いが現れ、アンリを王城へ招待するという。実は彼は、国を治める五人の領主の一人で【真の聖獣王】に最も近いと言われるサーベルタイガーの獣人王子候補だったのだ。アンリこそが長年探し求めていた運命【幸運の番】と確信したというジークフリートに、番になってくれと求められたアンリは……？

竜王子の天翔ける花《りゅうおうじのあまかけるはな》

戸田環紀
イラスト：小山田あみ

定価957円

天涯孤独で身寄りのない梧桐ルカは、嵐の夜に、竜人族が住むケメルマイデン王国という異世界に召喚される。王国の第一王子であるヴィルヘルムが召喚に関わっているらしいが、呼び寄せられた理由を一切教えてもらえず、ルカは王宮内で不安な日々を送ることを余儀なくされた。そんなある日、ヴィルヘルムの弟・アーベルと出会う。アーベルはある事件をきっかけに口をきけず、そんな彼と交流を持つことで、ヴィルヘルムとの距離も縮まっていった。王国で自分の居場所を見つけ、誰かの役に立てることに喜びを感じ始めていたルカだが、その矢先、秘められた真の召喚の理由を知ってしまい——？

リンクスロマンス大好評発売中

白銀の獅子王と祝福のショコラティエ《はくぎんのししおうとしゅくふくのショコラティエ》

高原いちか
イラスト：サマミヤアカザ

定価957円

世界的に有名なショコラティエ・氷見湊は、九歳の時祖父が所有するビルで不思議な体験をした——。それは、エレベーターの蛇腹扉の向こうにエーアトベーレン王国という異世界が広がっていて、湊はそこからきたライオンの獣人王子・アルトリートとひと夏の輝かしい時間を過ごした。しかし別れの日、湊は寂しさからアルトリートにひどい言葉をぶつけてしまう。そんな別離から二十年、国王になったアルトリートと再会するが、邂逅を喜ぶことなく敬遠され、さらに、王家が抱える問題を知らされる。二十年前の公開もあり、湊はアルトリートの役に立ちたいと考えるが…？

拝啓、僕の旦那様
－溺愛夫と幼妻の交際日記－

はいけい、ぼくのだんなさま－できあいおっととおさなづまのこうさいにっき－

朝霞月子
イラスト：蓮川 愛

四六判書籍／本体価格 1300 円+税

【年の差 × 結婚 × 溺愛ラブコメの決定版!!】
和風喫茶「森乃屋」に通い詰める高校生・本川弥尋と、その森乃屋を企画から手掛けた会社員・三木隆嗣。何の接点もなかったはずの二人は、ある日偶然出会い、毎週のように店で新作スイーツ試食をする仲になった。大人の色気に溢れ、クールでやり手な三木だが、出会った頃からどこか放っておけないところがあり、弥尋はいつだって彼に対してドキドキしてしまうのだ！　実は両片想いである美形同士 & 年の差カップルな二人は、なんと告白より前に「婚約者」になることに……!?

大好評発売中

元勇者一行の会計士

もとゆうしゃいっこうのかいけいし

梅したら
イラスト：yoshi 彦

四六判書籍／本体価格 1400 円+税

【大人気 WEB 発ノベルが待望の書籍化！】

世界を救った勇者一行の剣士青年 (21)
×　　保護者で会計士のおっさん (40)

「平和になったし、もういいか――」
幼い勇者たちの保護者役として世界を救うための魔王討伐の旅に同行していた、会計士のエンケ。ついに一行は魔王を倒し、世界に平和が訪れた。だからこそ、エンケは逃げ出すことにしたのだ、二十近くも歳の離れた、年下の想い人から――。年下剣士からの溺愛束縛が炸裂…！凸凹歳の差 BL♡

LYNX ROMANCE

小説原稿募集

リンクスロマンスではオリジナル作品の原稿を随時募集いたします。

募集作品

リンクスロマンスの読者を対象にした商業誌未発表のオリジナル作品。
（商業誌未発表のオリジナル作品であれば、同人誌・サイト発表作も受付可）

募集要項

＜応募資格＞

年齢・性別・プロ・アマ問いません。

＜原稿枚数＞

４５文字×１７行（１枚）の縦書き原稿、２００枚以上２４０枚以内。
※印刷形式は自由。ただしＡ４用紙を使用のこと。
※手書き、感熱紙不可。
※原稿には必ずノンブル（通し番号）を入れてください。

＜応募上の注意＞

◆原稿の１枚目には、作品のタイトル、ペンネーム、住所、氏名、年齢、電話番号、メールアドレス、投稿（掲載）歴を添付してください。
◆２枚目には、作品のあらすじ（４００字～８００字程度）を添付してください。
◆未完の作品（続きものなど）、他誌との二重投稿作品は受付不可です。
◆原稿は返却いたしませんので、必要な方はコピー等の控えをお取りください。
◆１作品につき、ひとつの封筒でご応募ください。

＜採用のお知らせ＞

◆採用の場合のみ、原稿到着後６カ月以内に編集部よりご連絡いたします。
◆優れた作品は、リンクスロマンスより発行させていただきます。
原稿料は、当社既定の印税でのお支払いになります。
◆選考に関するお電話やメールでのお問い合わせはご遠慮ください。

宛先

〒151-0051
東京都渋谷区千駄ヶ谷４−９−７
株式会社　幻冬舎コミックス
「リンクスロマンス　小説原稿募集」係

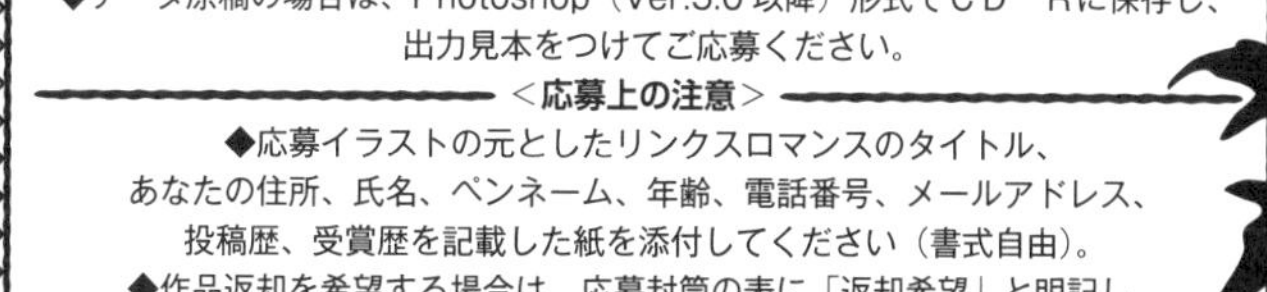

この本を読んでの
ご意見・ご感想を
お寄せ下さい。

〒151-0051
東京都渋谷区千駄ヶ谷4-9-7
(株)幻冬舎コミックス　リンクス編集部
「寺《てら》崎《さき》 昂《すばる》先生」係／「yoshi《よし》彦《ひこ》先生」係

リンクス ロマンス

アゲインスト～犬嫌いは黒柴社長と恋に落ちるか～

2022年1月31日　第1刷発行

著者……………寺《てら》崎《さき》 昂《すばる》
発行人…………石原正康
発行元…………株式会社　幻冬舎コミックス
〒151-0051　東京都渋谷区千駄ヶ谷4-9-7
TEL 03-5411-6431（編集）
発売元…………株式会社　幻冬舎
〒151-0051　東京都渋谷区千駄ヶ谷4-9-7
TEL 03-5411-6222（営業）
振替00120-8-767643
印刷・製本所…株式会社　光邦
検印廃止

ISBN978-4-344-84983-9 C0293
Printed in Japan

幻冬舎コミックスホームページ　https://www.gentosha-comics.net